FIRMIN,

ou

LE FRÈRE DE LAIT.

De Alarne inv.   F. Corche Filius Sculp.

Abel git a tes pieds, et tu est le lache
Cain.

FIRMIN,
OU
LE FRÈRE DE LAIT,

ANECDOTE FRANÇAISE,

Extraite du Journal d'un jeune Militaire,

DÉDIÉE

AU CITOYEN EUGÈNE BEAUHARNAIS,

Commandant des Guides à cheval de la Garde Consulaire.

Par ALEXANDRE DUVOISIN CALAS,
Auteur d'*Adolphe de Waldheim*.

Il faut le dire : proscrite dans nos cités ensanglan-
tées, oubliée dans nos champs corrompus, la vertu
sembla ne trouver de refuge qu'à l'ombre du drapeau
français, et le cœur des braves fut le sanctuaire où
elle se conserva inviolable.
FIRMIN, *tome premier*, pag. 5.

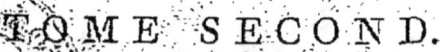

TOME SECOND.

A PARIS,

Chez DETERVILLE, Libraire, rue du
Battoir, n° 16.

DE L'IMPRIMERIE DE GUILLEMINET.

AN XI — 1803.

FIRMIN,

OU

LE FRÈRE DE LAIT.

ANECDOTE FRANÇAISE.

Au mois d'avril, le duc de L.,
qui venait d'être nommé député aux
états généraux que Louis XVI con-
voquait à Versailles, partit pour
cette résidence avec son épouse et
Adélaïde. Je ne saurais dire pourquoi le départ de cette dernière ne
fit pas sur moi l'effet accoutumé:
quelque chose m'avertissait que son
absence durerait peu. Je la suppor-

tai moins impatiemment, non que je conçusse plus d'espoir; mais ma passion, je l'ai dit, avait changé de caractère: autant elle m'avait abattu, autant maintenant je me sentais porté à tout ce qui est grand et généreux; ma tête et mon cœur, également électrisés, me répétaient que l'amant du modèle de toutes les perfections devait lui-même en être l'assemblage. L'ambition de m'élever au-dessus de mon sort, pour m'en rapprocher davantage, naquit en même temps en moi. J'y subordonnai mes principes ainsi que ma conduite; et, pour mieux travailler à la réussite de mes projets, je repris tous mes exercices, long-temps négligés, avec une ardeur qui me valut

les complimens de mon père sur
le retour de ma raison : mais il ne
s'en applaudit qu'un instant, et crut
bientôt que je ne la recouvrerais
au contraire jamais. Il voulait me marier, et je m'y refusais avec une
obstination dont il n'avait pas l'habitude. Est-il possible, s'écriait-il en
colère, que ce cœur si inflammable
ne te dise rien, quand tu apperçois
si leste et si appétissante la grande
Claudine, la fille du vieux Léonard
Blaizot, la suivante chérie de made-
moiselle, que tu as été bien à même
d'apprécier pendant le temps que tu
as demeuré au château? C'est pour
celle-là qu'il fallait *devenir sensible.*
C'est bien elle qu'on peut appeler la
perle de son sexe! Du matin au

soir, ça est à l'ouvrage; et, quoiqu'élevée en demoiselle, ça n'a de
manége et de coquetterie non plus
que l'enfant qui sort des flancs ma-
ternels. Cependant jamais plus beau
morceau de fille ne saurait mériter
la tendresse d'un honnête garçon; le
jonc où le lis ne sont pas plus droits,
plus élancés que sa taille, et la pê-
che vermeille de nos espaliers ne
l'est pas autant que ses joues si fleu-
ries, qui appellent le baiser. Voilà,
mon fils, je te le dis, le trésor dont
tu devrais t'enrichir, et ça ne serait
pas une mésalliance au moins!....
Claudine sert, à la vérité, et ses cinq
frères ne sont que de simples hussards
dans le régiment de ton frère de lait;
mais la probité est héréditaire dans

cette famille-là, comme le bâton de
maréchal dans celle de monsieur le
duc; et quel plaisir de venir à l'aide
de si braves gens! de semer de pros-
perités les derniers jours d'un vieil-
lard, l'honneur de nos cantons! d'em-
bellir tous ceux d'une fille si méri-
tante! Firmin, c'est se rendre ici-bas
le représentant de la justice éternelle; et, pour un homme de bien, il n'y
a pas de rôle plus désirable.

Sans doute, si j'avais été libre,
je n'aurais pu faire de choix plus
heureux, et j'avais même tout lieu
de me douter que Claudine n'aurait pas reçu l'offre de ma main avec
indifférence. Mais comment lui engager ma foi, quand je ne m'appartenais
plus à moi-même? de quel front lui

jurer de répondre à l'amour auquel
je l'avais remarquée disposée en ma
faveur, lorsqu'une froide estime était
tout ce que je lui pouvais accorder en
échange ? Je représentai à mon père
ma jeunesse, l'état que j'allais embrasser, puisque je devais, dans six mois,
suivre le marquis à son régiment.
C'est précisément parce que tu dois
partir sous peu, répliqua-t-il, que
je veux que tu me donnes une bru
qui te remplace auprès de moi. Je
puis, d'un jour à l'autre, quitter ce
monde, et je ne prétends pas que mon
dernier soupir soit recueilli par des
étrangers. Tes deux sœurs habitent
assez loin d'ici. La mort m'a enlevé
mon fils aîné. Celui qui, dans tous
les temps, me fut le plus cher, me

restait pour appui. Je ne consens à
le céder au fils de mon bienfaiteur,
que parce que c'est un devoir, et
que j'aimerais payer ma dernière
dette à mon colonel avant de termi-
ner ma carrière : mais au moins
faut-il que mon Firmin me laisse
un autre lui-même. D'ailleurs, le
mariage sera un frein pour toi dans
un métier où j'ai trop appris qu'on
n'en connaît point. Quand tu vien-
dras à penser à ta jeune épouse, à
l'enfant qu'elle t'aura donné, tu ne
seras pas tenté de lui chercher des
rivales, et de leur prodiguer ta bourse
et ta santé. Le soldat qui n'est guère
accueilli, toléré même de la beauté
vertueuse, paie presque toujours
cruellement cher les perfides bontés

de celles qu'il est obligé de lui subs-
tituer. Bien plus heureux, tu vien-
dras, chaque année, passer auprès de
ta femme tout le temps que ton frère
de lait donnera à la sienne. — Quoi!
mon père, le marquis ?... — Epou-
sera cette automne même sa cousine, et M. le duc a arrêté que ta
noce se ferait en même temps: ainsi
adresse ton hommage à qui tu vou-
dras... l'objet que tu auras préféré
ne pourra que me convenir; mais
décide toi. Je te le réitère, j'entends
être obéi, sur-tout quand je n'aspire
qu'à la félicité de mon fils : après
Dieu, je suis ton général tant que
je vivrai, et tu dois apprendre ce
que c'est que la subordination.

Il aurait pu parler long-temps encore qu'il m'eût été impossible de prêter aucune attention à ses discours. C'était mon arrêt de mort que je venais d'entendre. Avant quatre mois, Eugène sera l'époux d'Adélaïde!.... Il acquerra aux autels!.....et ne le savais-je pas?... qu'y a-t-il donc là qui me surprenne? dès son berceau ne l'a-t-il pas achetée? car c'est un marché et non pas une alliance, que l'orgueil et l'intérêt vont achever de conclure. Qui suis-je, moi, pour y intervenir? où est l'or, où sont les titres que j'ai à mettre dans la balance?.... O détestables maximes d'un peuple esclave et corrompu! l'avarice et la vanité seront-elles sans cesse entre la nature et nous? Sages philosophes! mes maî-

tres, mes soutiens, mes consolateurs,
cette égalité précieuse, que vos divins
ouvrages nous peignent comme la
source de tous les biens, ne viendra-
t-elle jamais rétablir l'équilibre parmi les mortels?

Tandis que ma jalousie s'exhalait
en de pareilles déclamations, l'élite
des Français appelés à les régéné-
rer s'occupait de l'accomplissement
de mes vœux, et nous annonçait,
avec l'appareil le plus solennel, qu'a-
près quatorze siècles, le temps était
venu de combler, d'effacer toutes
les distances. La liberté descendait
du ciel aux cris généreux des intré-
pides vainqueurs de la bastille; des
sacrifices expiatoires consacraient
journellement le retour d'Astrée par-

mi les Parisiens; et les noms fas-
tueux des Montmorenci, des la Tre-
mouille, des Luxembourg, inscrits
aux premiers feuillets des fastes de
l'empire, s'éclipsaient devant ceux
des restaurateurs de nos grossiers
abus. Les provinces furent bientôt
instruites d'un événement aussi inat-
tendu. La nouvelle en parvint enfin
dans nos montagnes. On n'y conçut
pas sur-le-champ toute l'étendue du
bienfait. Nos peuples, d'un naturel
pacifique et routinier, ne voyaient
pas un esclavage si dur dans la soumission aux lois par lesquelles ils
avaient, à l'instar de leurs pères, toujours été gouvernés. Laborieux, éco-
nomes, religieux, leurs idées sur
les révolutions n'étaient pas encore

formées, et leur philosophie à son enfance avait toute l'ingénuité de cet âge. Aussi n'entendis-je parler d'abord qu'avec un enthousiasme assez équivoque de ce qu'on n'appelait jusque là que la révolte de la capitale; et le brave Simon, qui, ayant passé sa vie dans les camps, devait être familiarisé avec le carnage, hochait la tête, à l'ouïe de l'association du meurtre à la conquête d'une cause si sacrée. Pour moi, transporté de voir enfin le triomphe des sublimes conceptions que j'avais puisées dans la bibliothèque de la duchesse, je présageai que la liberté, qui devait nous restituer le bonheur, ne pourrait que sourire à mon amour; et d'un coup d'œil je vis se rompre

tous les obstacles qui m'écartaient
de la possession d'Adélaïde. Maintenant, nous sommes égaux, Eugène ! me dis-je en moi-même, et ce
ne seront plus des priviléges, désormais comptés pour rien, qui décide-
ront entre nous.

A mesure que la révolution prenait un caractère plus marqué, la
secousse qui ébranlait tout l'empire
jusque dans ses plus solides fonde-
mens agissait sur moi avec plus de vé-
hémence : personne ne me reconnais-
sait plus ; moi-même, lorsque le dé-
mon patriotique, qui si subitement
était venu se loger au-dedans de
moi, me laissait un moment de calme, j'étais effrayé de la rapidité avec
laquelle je me laissais entraîner. J'al-

lais au-devant des impressions qu'on
s'appliquait à semer parmi quelques
classes du peuple. A Paris, j'eusse
été un néophyte précieux, j'avais
toujours à la bouche les mots puissans au moyen desquels des hommes profondément astucieux pré-
paraient le succès de leurs vastes
desseins. Ce fut moi qui organisai
la garde nationale dans les domaines
du duc, et je m'en fis nommer le
commandant. Je plantai l'arbre de
la liberté sous les fenêtres d'Adélaï-
dé; et, si mon père n'eût employé
toute son autorité pour m'en empêcher, j'aurais de la même main renversé les hautes tours du château,
quoique j'eusse l'intime conviction
que, depuis vingt années au moins,

elles n'avaient servi de prison à personne. Qui m'expliquera la bizarre contrariété des différentes impulsions par lesquelles j'étais mu ? Témoin et objet de la bienfaisance de M. de L., admirateur de ses grandes qualités, j'éprouvais une sorte de dépit secret de ne pouvoir reconnaître en lui un tyran, et le combattre comme tel. Vertueux par inclination, doux, et j'oserais même dire bon, je m'impatientais de ne pas figurer dans les scènes populaires dont le récit enflammait mon enthousiasme, et néanmoins, au fond, affectait péniblement ma sensibilité. M'étant toujours complu dans l'obéissance la plus rigoureuse aux ordres de mon père, elle commençait

maintenant à me peser autant que
le joug le plus odieux. Ces effets si
blâmables se trouvaient cependant
les résultats des mouvemens les
plus généreux : mais il fallait l'expérience pour leur donner une direc-
tion convenable. Qu'on se rappelle
ce que j'ai cité de l'énergie avec laquelle le ciel m'avait fait naître, de
l'éducation qui me fut donnée, des
notions que mes lectures m'avaient
inculquées ; qu'on y joigne cette in-
surmontable passion, dont j'ai dé-
taillé les progrès avec trop d'étendue
peut-être, à laquelle je rapportais
tout, dont je faisais tout dériver : et
l'on trouvera naturel non seulement
que j'aie suivi le torrent auquel tout
cédait alors, mais encore que quel-

quefois j'aie devancé sa course, du moins en fait d'opinion.

Le duc de L. ne s'était jamais montré courtisan. On le rencontrait rarement à l'œil-de-bœuf : ses décorations, toutes militaires, étaient le prix de près de cinquante ans de service. Sa famille même n'avait pas eu à se louer des rois : de tout temps ils y avaient trouvé de fidèles défenseurs de l'état, mais non des complaisans ou des valets. L'un des prédécesseurs du prince régnant avait sacrifié, à son orgueil et à sa politique, l'aïeul du duc actuel, d'une manière tellement scandaleuse, que toute la France s'en était indignée. M. de L. tenait aux prérogatives de la noblesse, parce qu'il envisageait cette

institution comme un intermédiaire
utile entre le despotisme du chef d"un
grand empire, et l'esprit de licence
qui trop souvent égare le vulgaire,
ou la corruption qui l'asservit.
Mais les descendans des Crillon, des
Duguesclin, n'obtenaient sa considération qu'autant qu'ils justifiaient les
noms dont ils avaient hérité de ces
héros par les mêmes vertus qui les
illustrèrent. Il méprisait souveraine-
ment ceux qui se vendaient ou se
prostituaient à l'autorité. Souvent je
l'avais entendu regretter les temps
où les seigneurs, renfermés dans
leurs terres, étaient les soutiens de
l'état, les protecteurs de leurs vassaux, accouraient à la voix du
prince, uniquement pour marcher

contre les ennemis de la patrie, et
ne grossissaient point son cortége,
pour ramper au gré de son caprice,
ou se rendre les ministres de sa
tyrannie.

Il détestait sur-tout la mémoire
de Richelieu, parce qu'il avait porté
le dernier coup à la puissance des
grands, en les attirant à la cour,
où ils étaient tombés sous la dépen-
dance du maître ; abaissement qui,
disait-il, avait peu à peu amené la
dégradation de ce premier corps,
dépositaire, à ses yeux, des priviléges
de tous les autres, et le précipitait
insensiblement vers son entière dis-
solution. Avec cette manière de voir,
on peut juger s'il applaudit à la mesure qui réunissait les Français les

plus recommandables dans tous les genres, pour procéder à la réforme des abus, fixer aux différens pouvoirs des limites déterminées par la sagesse et la politique, et asseoir sur une base inébranlable la constitution qui les devait maintenir. Lui-même, un des mandataires les plus illustres de ce peuple, dont il avait tant plaint l'oppression et si souvent soulagé la misère, il plaida pour ses droits avec autant de force que de persévérance, tant qu'il crut le servir efficacement. Dès qu'il lui parut que les factions usurpaient le prétexte de sa cause pour le dominer tour à tour, il les attaqua avec la même chaleur, leur arracha souvent le masque dont elles se couvraient, et mérita par là la haine de toutes. Alors, voyant qu'elles s'entendaient pour lui ravir la confiance, sûr de ne pouvoir les vaincre, ou seulement les arrêter, résolu de ne jamais transiger avec elles, il se retira. Ses ennemis ne se contentèrent point de son éloignement, ils le poursuivirent jusque dans sa retraite. Sa réputation eût été d'un grand poids pour leur parti; ne pouvant la faire servir à leurs vues, ils s'attachèrent à la lui enlever. La calomnie, si accréditée dans ces jours d'intrigue, fit jouer contre lui ses plus ténébreuses machinations. Il commit la faute de se borner à la mépriser, et, plus forte de son silence, que des ressources qu'elle mettait en œuvre, elle parvint d'autant plus aisément à ses fins.

Bientôt d'adroits libelles, où le vrai
se laissait entrevoir parfois, à travers
un tissu de faussetés exposées de ce
ton simple qui persuade la bonhomie,
circulèrent jusque dans les terres du
duc, et apprirent à ses vassaux que
celui que jusqu'alors ils avaient cru
leur bienfaiteur, n'était que l'agent
des ennemis du peuple; il y était,
entre autres, accusé d'avoir, en ac-
caparant tous les grains de la province, contribué à opérer cette di-
sette factice, qui fut, pendant quelques mois de mil sept cent quatre-
vingt-neuf, un des grands moyens
des agitateurs; et, le croirait-on!
l'endroit du monde où cet expédient
devait être le plus nul, fut peut-être
celui où il réussit davantage. Quoi!

ce nourricier de plus de cinq cents
pauvres par jour, pendant près de
six mois, s'est vu en butte au soupçon d'avoir cherché à affamer ses concitoyens ! Quoi ! même les objets de
sa charité ont élevé la voix pour l'en
charger ! Non, ils ne l'élevèrent point :
l'ingratitude craignait encore de se
montrer à découvert; mais le men-
songe, ou, si l'on veut, l'erreur, pour
s'avancer sourdement, s'étend - elle
avec moins de célérité ? D'abord,
faible, hésitant en apparence, elle
propose un doute à voix basse......
bientôt c'est une présomption qu'elle
insinue; l'instant d'après, ce doute,
cette présomption, se changent en
faits constans que rien ne peut plus
révoquer : d'un autre côté, si la re-

connaissance semble pénible à la plupart des hommes, si rien n'est si fragile que ses droits, si passager que son empire, l'expérience n'a que trop prouvé que, chez le paysan, elle est un hôte plus à charge que par-tout ailleurs; il commence par la négliger, et l'étouffe à la fin pour s'en débarrasser. Nos Auvergnats, gens peu maniables sous d'autres rapports, devinrent en peu de temps, entre des mains exercées, une molle argile qu'elles pétrirent à leur gré, et à laquelle elles imprimèrent sans peine la couleur à l'ordre du jour. On se récria sur les énormes achats de blé que M. de L. avait faits l'année précédente; exagérés encore, ils se trouvèrent d'autant moins en proportion avec

la consommation qui avait été faite.
On murmura *au club* (car il s'en
était aussi formé un parmi nous) le
mot de recherches ; il fut également
question de dépôts d'armes, de pou-
dre ; et je ne sais encore comment il ar-
riva que la garde nationale se ras-
sembla une nuit devant la grande
porte du château, dans l'intention
d'en faire le siége. Deux canons,
conquis sur les Espagnols à celui de
Saint-Quentin, trophées et récompenses de la valeur, paraient plus
qu'ils n'en défendaient l'entrée. Sou-
dain, ils deviennent *propriété nationale*, et, à ce titre, sont saisis et
enlevés. Les grilles s'enfoncent, les
passages se forcent, les cours et les
salles s'obstruent des mêmes hom-

mes, qui, quelques mois auparavant, s'estimaient trop heureux d'y cher-cher un abri contre le froid et la faim.

Cependant tout se met en ru-meur dans ce séjour, d'ordinaire si paisible et si respecté; des cris de sur-prise, d'effroi, répondent aux cla-meurs de la tourbe insolente, qui, étonnée elle-même de son audace, s'encourage par des excès, et s'en-hardit à mesure qu'elle les voit de-meurer impunis. La duchesse et ses femmes fuient éplorées dans l'ap-partement du duc. Adélaïde, plus belle mille fois de son désordre, qu'elle ne m'avait jamais paru dans la toilette la plus éblouissante, ac-court, pâle, tremblante, à demi vê-tue; elle s'élance au-devant de la

foule, fait un rempart de son corps
à la porte de son oncle, un genou
en terre, les bras étendus; elle présente aux furieux son sein virginal,
voilé seulement de sa longue chevelure, et gonflé des soupirs qui s'y
croisent avec les sanglots qui la vont
suffoquer. Vous, Firmin! vous aussi! s'écria-t-elle de l'accent de l'angoisse et du reproche : venez-vous assassiner le père de votre frère de lait?
Je ne puis retarder davantage cet hu-
miliant aveu; il faut y venir. Je com-
mandais la honteuse expédition; à la
vérité, comme chef de la garde bour-
geoise, je n'avais pu l'éviter : mais un
remords que rien ne parviendra à
éteindre me répète sans cesse que je
n'avais pas fait non plus tout ce qui

dépendait de moi pour le prévenir. Je
me dois le témoignage que j'eusse
versé tout mon sang pour défendre la
vie de M. de L.; mais, avais-je réfléchi
qu'en donnant moi-même l'exemple
d'une pareille infraction aux lois de
la gratitude et du respect, dont j'étais
moins dispensé que tout autre, il se
pouvait que je ne restasse pas le maître de garantir les jours de celui que
je venais braver? Peut-être avais-je
la prétention de me rendre redou-
table au bienfaiteur de ma famille,
de lui faire sentir qu'il était de son
intérêt de me ménager. Peut-être
m'imaginais-je obtenir plus de considération aux yeux de celle dont j'a-
vais la témérité d'espérer du retour,
en m'offrant à elle dans toute l'impor-

tance du rôle par lequel je pensais
m'en rapprocher...... A sa voix.....
je me pénètre de tout l'odieux que
présente ce rôle ; il me fait horreur.....
Je voudrais l'excuser ; je cherche en
vain quelques motifs de justification...
quand, tout à coup, les deux battans
s'ouvrent. M. de L. ; en uniforme
d'officier général, mais sans épée,
s'avance d'un air aussi calme que
majestueux ; d'un geste il intime à
ses gens rangés en armes derrière lui
l'ordre de ne pas remuer ; il élève et
déploie la déclaration des Droits de
l'Homme, et après avoir promené
ses regards sur mes soldats interdits,
il les tient particulièrement fixés sur
moi : « Monsieur le commandant ! me
« dit-il d'un ton à la fois ironique et

« sévère, depuis quand est-il con-
« venu que ceux que la loi consti tue
« gardiens des propriétés, doivent
« se transformer en brigands qui les
« violent à leur gré? Si aucun titre
« n'est sacré pour vous, ignore-t-on
« que l'Assemblée Nationale n'a pas
« encore cessé de voir en moi l'un
« de ses membres, et qu'il me suffi-
« rait de lui demander justice, pour
« obtenir la plus éclatante réparation?
« Mais votre frénésie me fait pitié,
« plus encore qu'elle ne m'indigne.
« Je sais qu'elle n'est que l'instru-
« ment machinal de mes détracteurs;
« vous venez vous assurer si ma mai-
« son n'est pas un entrepôt de grains,
« d'armes, de munitions? A-t-elle
« été jamais fermée à qui que ce soit

« des habitans de L.? Ne vous sou-
« vient-il plus des bénédictions dont
« vous l'avez fait retentir tant de fois?
« Est-ce dans mes appartemens que
« vous pensez trouver les objets de
« vos perquisitions ? Ils vous se-
« ront ouverts, mais à l'heure seu-
« lement que la loi autorise ; vous
« parcourrez alors, vous visiterez
« jusqu'au moindre coin. Quant à
« présent, placez des sentinelles à
« toutes les portes, gardez toutes les
« avenues, le lit même, si vous vou-
« lez, où je vais chercher un repos,
« que je souhaite que vous puissiez
« partager, celui de la conscience.
« Monsieur le commandant ! après
« les dispositions que je vous indique,
« je vous somme de faire retirer le

« reste de votre troupe, et je vous
« rends personnellement responsable
« de tout désordre qui pourrait se
« prolonger. »

Il dit ; chacun demeure confondu :
on se regarde, nul ne songe seulement à prendre la parole ; on ne
s'occupe que d'obéir au duc, devant
lequel on défile en lui présentant
l'arme : on dirait que c'est un hommage qu'on est venu lui rendre,
plutôt qu'une visite domiciliaire qu'on
s'est proposée. Il insiste pour que
des factionnaires soient posés par-
tout ; lui-même il les choisit parmi
ceux qui passent pour s'être le plus
prononcés contre ce qu'ils appellent
l'aristocratie : désignation nouvelle
qu'ils ne comprennent pas plus que

tant d'autres; mais qu'ils appliquent
indistinctement à tous ceux qui leur
sont supérieurs par quelqu'avantage.
Plus troublé que je ne le saurais
exprimer, j'aurais voulu trouver
grace du moins aux yeux d'Adélaïde, dont la physionomie peignait
le mépris et l'indignation. Au moment où j'allais hasarder quelques
mots, mon père, se faisant jour au
milieu des gens du duc, court sur
moi, me saisit au collet, et m'a as-
séné sur les épaules dix coups de
plat de sabre avant qu'on ait pu me
soustraire à la colère qui le trans-
porte: « M. le commandant, me dit-
« il, si notre maître a la bonté d'em-
« pêcher les braves gens, qui vien-
« nent, s'il le faut, mourir pour lui,

2.

« d'exterminer ces misérables, tu
« paieras pour tous, et bien cher,
« tant de noirceur et tant d'infamie!
« C'est le colonel de ton père que
« tu viens affronter chez lui, quand
« tous les momens de ta vie réunis
« ne suffiraient pas pour reconnaître
« ses bienfaits! Si tu ne déposes sur-
« le-champ à ses pieds cette ridicule
« épaulette, qui te coûte l'honneur,
« la vertu, et à moi la paix d'une
« vieillesse qui ne peut plus être
« heureuse, foi de brave Simon ! à
« la vue de ces bandits, que tu nom-
« mes des soldats, je te passe mon
« sabre au travers du corps.....» Il
l'aurait fait; l'imprudente sortie qu'il
se permettait pouvait devenir funeste au duc lui-même. J'étais extrê-

mement aimé des jeunes gens qui
m'avaient choisi pour chef; déjà je les
voyais reprendre l'attitude menaçante; les injures de mon père rallu-
maient leur audace : lui, brandissant
fièrement son arme, il les défiait tous :
pour la première fois de sa vie, il ne
pouvait se résoudre à céder à la voix
qu'il avait toujours écoutée comme
un oracle, et qui lui enjoignait de s'arrêter. J'avais eu le temps de prendre
un parti : « Soldats! m'écriai-je, qu'on
« le désarme, et qu'il soit conduit
« et gardé chez lui, jusqu'à ce que
« le conseil, séant à Clermont, m'ait
« accordé sa grace : je cours la cher-
« cher. Je ne connais sous les armes
« que le devoir ! il nous prescrit de
« protéger les personnes et les pro-

« priétés. Je ne l'avais point oublié
« quand vous m'avez entrainé ici,
« et si quelqu'un de vous l'eût violé à
« l'égard de monsieur le député à
« l'assemblée nationale, il eût passé
« sur mon cadavre avant d'atteindre
« sa personne sacrée. Soldats, je vais
« vous ramener à la maison com-
« mune ; c'est la dernière fonction
« que j'exercerai du grade dont vous
« m'avez honoré : mais, jusqu'à mon
« remplacement, je reste votre com-
« mandant : en cette qualité, je vous
« ordonne de me suivre ; les senti-
« nelles placées par M. de L. rece-
« vront leur consigne de lui seul, et
« leur tête répond de sa sûreté. »
Ma harangue finie, je me mets à la
tête du peloton ; mon père marche

au milieu, muet et consterné ; je salue le duc, et, le désespoir dans
l'ame, je renvoie chacun se coucher
paisiblement, et je retourne à la
ferme, où le brave Simon allait être
prisonnier de son fils : je n'avais pu
m'en dispenser. Mais que je me
trouvais malheureux ! Mon cœur
était déchiré par tous les endroits
les plus sensibles... J'entre dans la
chambre de mon père : à demi renversé sur son fauteuil, il se couvrait
la figure de ses deux mains... Je me
jette à ses genoux, je les tiens embrassés ; je le conjure, au nom de
ma mère, que nous avions perdue
depuis peu, de me pardonner
un tort involontaire. Je lui jure
solennellement de me conformer à

tout ce qu'il exigera, de n'avoir
d'autre volonté que la sienne. Il
resta long - temps sans rien arti-
culer ; seulement j'appercevais couler entre ses doigts quelques grosses
larmes ; excepté l'instant où l'on
descendit sa chère Thérèse à la dernière demeure, je ne lui en avais jamais vu verser : « Je ne vous en
« veux pas, me dit-il à la fin, de vous
« être laissé aller contre moi à ce
« que vous dictait la nécessité du
« moment ; mais ce que je n'excuserai
« jamais, c'est que vous n'ayez pas
« usé de cette autorité, qu'on sait
« si bien respecter quand il s'agit
« d'humilier votre vieux père, pour
« empêcher l'affront qui vient d'être
« fait à M. le duc, dans la maison

« duquel vous avez reçu cette éduca-
« tion qui nous sera peut-être bien
« funeste à tous ! Mon fils, je n'ai plus
« rien à vous commander, vous ve-
« nez de vous affranchir de mon
« obéissance ; de ce moment, vous
« êtes majeur, demain le bien de
« votre mère vous sera compté. Vous
« poursuivrez librement la carrière
« où vous brûlez de vous élever ;
« puissiez-vous y trouver le bonheur
« que j'espérais pour vous dans celle
« que je vous avais tracée ! puisse-t-elle
« sur-tout vous honorer autant, et
« ne vous causer jamais de repentir ! »
Que de protestations je lui fis ! par
combien de respects et de soumis-
sions je m'efforçai d'atténuer ce que
sa position avait de cruel ! Tout ce

que je devais à ce père si bon se
représentait plus vivement à mon
souvenir. De fausses notions, des
circonstances entraînantes pouvaient
bien m'aveugler ; je me révoltais
parfois contre des opinions que je
traitais de préjugés : mais, dans
aucun temps de ma vie, je ne cessai
de regarder mon père comme l'i-
mage de la divinité, de rattacher à
son idée celle des plus tendres affections, des biens les plus réels, des
seules jouissances solides et véri-
tables. Oh ! qui pourrait se croire
jamais quitte avec les auteurs de ses
jours ! les obligations que nous con-
tractons envers eux, dès l'instant où
nous en recevons le présent de la
vie, ne sont-elles pas et les plus saints

devoirs et les plus doux plaisirs ? Un
père, une mère, associés par la nature et la providence à ce qu'elles
nous envoient de bonheur, et ce qui
nous survient de chagrins, doublent
pour nous le bien, et se chargent de
notre mal. Nos appuis dans l'enfance,
nos guides lors de la saison critique
des passions, nos plus sûrs amis à
toutes les époques, chacune des minutes de notre existence est marquée
par quelqu'un de leurs bienfaits: pour
nous donner l'aisance, les privations
leur deviennent faciles, les travaux
légers pour nous épargner la fatigue,
nos fautes même, l'ingratitude dont
nous payons leurs soins, les tribu-
lations dont nous les accablons en
échange, peuvent à peine, et seule-

ment à la longue, détacher quelqu'un des anneaux de la chaîne sacrée qui les lie à nous, tandis qu'il ne faut que les vertus les plus ordinaires, le moindre retour de notre part, pour la sceller jusqu'au tombeau, qui ne leur coûte de regrets, quand ils y descendent les premiers, que parce qu'il les sépare de la plus chère moitié d'eux-mêmes, et où ils voudraient nous suivre lorsque le destin l'ouvre pour nous avant eux.

C'étaient là les pensées qui se réveillaient en moi à ce moment où je cherchais à faire agréer mon repentir à mon père. J'ai indiqué que les arrêts ne lui avaient été donnés que pour éviter quelque chose de pire de la part de notre turbulente jeunesse.

Dès la première heure, le factionnaire fut congédié, et le brave Simon resta, sur sa parole, prisonnier
de la commune. Je n'attendis pas que
le jour parût pour aller faire mon
rapport à Clermont, éloigné de L.
de quatre petites lieues seulement;
je m'accusai de tout, et donnai ma
démission en même temps : on fit
plus de difficultés de la recevoir que
de m'accorder d'ailleurs tout ce que
je demandais ; j'étais avantageuse-
ment connu dans cette ville, et l'on
voulut absolument m'adjoindre à la
députation qui devait se rendre à
Paris pour la célèbre Fédération de
1790. J'eus ordre de me disposer à
partir le lendemain : de retour à L.,
j'assemblai ma milice, et, l'instruisant

de mon départ précipité, je l'invitai
à se nommer un nouveau chef. Mes
camarades, ai-je dit, m'affection-
naient fort; ils convinrent entre eux
de décider sur ma proposition, à mon
retour de la capitale, et me déclarè-
rent, par avance, que jamais ils ne
consentiraient à me remplacer. Ils
m'accompagnèrent tous à la ferme;
je les en avais priés pour les rendre
témoins des excuses que je voulais
réitérer publiquement à mon père,
en lui annonçant qu'il ne serait in-
tenté aucune poursuite contre lui
pour avoir méconnu et outragé le
commandant dans ses fonctions. L'ac-
quit de ce devoir ne changea en rien
les dispositions de mes frères d'armes en ma faveur. Au fond de nos

campagnes, les mœurs patriarchales
n'étaient pas encore tombées en dé-
suétude. La vieillesse, sur-tout, s'y
voyait honorée; la piété filiale était
une des vertus auxquelles on se for-
mait dès le berceau, et dont l'empire s'étendait sur tous les instans de
la vie : j'ai vu des hommes de qua-
rante ans recevoir, à tort, des répri-
mandes, des soufflets même de leurs
parens avec une soumission qui n'ex-
citait l'étonnement, encore moins le
mépris de personne ; ma démarche
fut applaudie de tout le village ; mon
père, attendri, me donna sa béné-
diction..... Hélas ! fallait-il que, quelques heures après, elle fût si impi-
toyablement révoquée! fallait-il que je
le méritasse ! Ce jour, où j'essuyai

le premier reproche grave, devait-il
donc me rendre tout à fait coupable!.... O destinée! Mais, avant que
d'en venir au récit de ma seconde
faute...., je ne puis omettre celui
d'une scène qui se passa au château
peu de minutes après mon arrivée
de Clermont... Dès que l'aurore eut
commencé à en rougir le faîte, une
cloche, qu'on n'entendait jamais que
dans les cas extraordinaires, avait
rassemblé de toutes parts la foule des
ci-devant vassaux du duc de L. Ceux
qui habitaient les endroits les plus
éloignés du chef-lieu de ses domaines
étaient également accourus, deman-
dant aux autres quel sujet les arra-
chait à leurs travaux, et ce qui pouvait être survenu de nouveau à

leur digne seigneur, envers lequel
eux ne s'étaient point montrés ingrats. Honteux de l'événement de
la nuit, les habitans de L. n'osaient
en faire mention, et je trouvai les
uns et les autres réunis, et s'agitant
sur la grande place du château, dont
les portes restèrent fermées jusqu'à
midi. Alors M. de L., paraissant au
principal balcon, donna l'ordre de
les ouvrir; en une minute la cour
se remplit : personne ne compre-
nait encore rien à l'appareil qu'elle
présentait. Pendant la nuit, l'écus-
son des armoiries de la famille de L.,
les statues de ses ancêtres qui déco-
raient la façade du bâtiment avaient
été abattues, les débris même n'é-
taient point encore enlevés; les gi-

rouettes, les banderoles aux cou-
leurs du duc avaient de même dis-
paru ; autour de la cour, un cordon
tricolore séparait les spectateurs
d'une esplanade de gazon construite
à la hate au milieu ; d'un côté l'on
y voyait un bûcher, sur lequel
étaient étalés le tableau généalogi-
que de la maison seigneuriale, ses
archives, tous ses titres honorifiques
et féodaux ; de l'autre un autel de
forme antique, soutenant la table
des droits de l'homme, et le registre des sermens civiques : entre
deux, s'élevait l'arbre de la liberté,
surmonté de la nouvelle oriflamme
française, et couvert de guirlandes
auxquelles étaient suspendus les por-
traits de ceux des aïeux de M. de L.

qui avaient rendu d'éminens services à l'état : on lisait au-dessus, en
gros caractères, les noms des batail-
les où ils s'étaient distingués; et c'é-
taient presque toutes celles qui s'é-
taient livrées pour la gloire ou le
salut de la France, depuis Charle-
magne jusqu'à Louis XV, depuis
Ronceveaux jusqu'à Fontenoy : des
épées de connétable, se croisant sur
des bâtons de maréchaux, formaient
au bas une espèce de collier d'ordre, ayant pour devise *prix du
sang des braves*. Les paysans surpris se questionnaient, s'inquiétaient
même, quand trois salves d'artil-
lerie leur annoncent un spectacle non
moins imprévu. De la porte d'honneur s'avance, précédé du conseil

2. 3

municipal de la commune, M. de L.,
chamarré de toutes les marques dis-
tinctives de ses différentes dignités;
l'air serein, la tête haute, le regard
imposant, et affable comme à son
ordinaire, il tient son fils Eugène
par la main; son épouse et sa nièce,
parées de simples robes blanches,
rattachées par des ceintures natio-
nales, marchent à ses côtés; des
domestiques portant des torches les
suivent, non plus revêtus de la superbe livrée qu'ils endossaient habi-
tuellement; un modeste frac gris l'a
remplacée. A la vue de ce cortége
un silence général succède à ce bour-
donnement, effet, dans toutes les
grandes assemblées, de l'attente et
de la curiosité. Le calme le plus re-

ligieux règne, et chacun prête l'o-
reille, lorsque parvenu à l'esplanade,
après avoir fait signe qu'il veut être
écouté, M. de L. prononce à peu
près ces paroles d'une voix forte et
solennelle : « Mes concitoyens, un
« nouvel ordre de choses efface du
« pacte social des Français les dé-
« nominations de maître et de su-
« jets, de seigneur et de vassaux,
« ainsi que les priviléges, et les char-
« ges qui y furent attachées. Une loi
« va vous affranchir de tous les de-
« voirs qui en résultaient pour vous
« envers moi : j'ai voulu la devancer,
« en anéantissant à vos yeux, le pre-
« mier, jusqu'à la moindre de mes
« prérogatives. » A ces mots il prend
une torche, met lui-même le feu au

bûcher; et, tandis qu'il se dépouille
de toutes ses décorations, et les jette
dans la flamme, il continue de la
sorte : « Mon fils ne regrettera pas
« plus que moi ces emblêmes d'une
« illustration, légitime peut-être, et
« dont du moins il n'est au pouvoir
« des révolutions ni des siècles de
« détruire tout-à-fait le souvenir ; sa
« noblesse véritable, celle qu'on ne
« peut lui ravir, est dans les exploits,
« dans les vertus de ses pères. Le
« burin de l'histoire s'est chargé de
« les transmettre à la postérité la plus
« reculée; il n'aura qu'à y jeter les
« yeux pour trouver l'obligation d'y
« ajouter son exemple. Il est un der-
« nier droit que j'avais cru à l'abri
« de toute violation, que je réclame

« seul pour l'avenir, malgré qu'il
« y a peu d'heures encore il ait
« reçu la première atteinte. Mes
« concitoyens, c'est celui d'être
« connu, jugé par vous, comme
« ma conduite constante le méri-
« tait........ On m'a accusé d'avoir
« introduit la famine parmi vous;
« il fallait produire les preuves de
« mon innocence : elles vont vous
« être exposées. » Alors le maire
lit à haute voix les attestations des
fermiers qui ont fourni trois mille
sacs de blé, que les meûniers re-
connaissent en avoir moulu le même nombre; autant de quittances
sont reproduites, signées des famil-
les indigentes, entre lesquelles ils
ont été répartis. Les portes latérales

du château s'ouvrent; deux cents
vieillards, soutenus par autant d'orphelins, comme eux habillés de
neuf, défilent de l'une; deux cents
mères portant leurs nourrissons, et
délivrées de la misère et de la mort
par la même main, sortent de l'autre; des larmes inondent leurs joues,
leurs regards sont tournés vers leur
bienfaiteur, leurs mains s'y tendent
aussi; un même témoignage s'échappé de leur bouche: Il est notre sauveur, ô Dieu! protégez-le! conser-
vez-le! Aussitôt à cet élan si vrai,
si pur, se joignent les bénédictions
de tous les spectateurs; un même
enthousiasme, un attendrissement
sympathique pénètre, échauffe tous
les cœurs; entre tous ces assistans,

il n'en est pas un, pour ainsi dire,
qui ne se rappelle d'avoir été aussi
l'obligé de cet homme respectable;
tous tiennent à lui par quelque bienfait qu'ils en ont reçu. Ceux qui ne
puisèrent point dans sa bourse re-
coururent à son crédit ou à ses conseils : il a doté ceux-ci, fait élever
les fils de ceux-là; l'un lui doit la
paix de son ménage, l'autre le retour de la santé de ses parens; ar-
bitre, soutien, consolateur des famil-
les, tels sont les titres qui lui res-
tent. Les usurpations ne peuvent
rien sur ceux-là. Aussi, dans ce moment de réunion, la gratitude éprouve le besoin de renouveler de si tou-
chans rapports. La barrière est fran-
chie, tous se pressent autour de

l'homme bon et juste par excellence;
et tandis qu'ils foulent aux pieds la
cendre de ses grandeurs, ils jurent
de l'honorer, de le chérir plus que
jamais, de le servir, de demeurer
dévoués à sa race jusqu'au dernier
rejeton qui en sortira; ils reçoivent
en retour le serment que lui et son
fils resteront toujours leurs amis.
L'une et l'autre promesse sont ins-
crites au registre civique; tout ce
qui sait tenir une plume les sanc-
tionne de sa signature, voudrait les
ratifier de son sang.

Cette cérémonie, on peut dire
cette alliance, était la réponse de
M. de L. à ses calomniateurs, elle
était préparée d'avance; l'incartade
de la nuit n'avait fait qu'en hâter

l'époque.... Elle augmenta mes regrets et l'embarras de ma situation ;
au milieu de l'épanchement général,
mon ame seule était serrée.... Dans
ce contrat réciproque, je voyais mon
acte d'accusation ; et , quand j'avais
tant de pardons à solliciter, j'ajou-
tais , à part moi, à la somme de mes
torts. Eugène étoit de retour : arrivé deux heures après notre irrup-
tion, de quel œil devait-il envisager
le procédé de son frère de lait, de
celui qu'il avait toujours aimé si
franchement, qu'il voulait élever au
rang de son ami, aussitôt que notre
départ pour le régiment le dégage-
rait de la réserve dans laquelle il
avait tant gémi d'être contraint de
se renfermer à mon égard?... De

quel front l'aborder? comment soutenir sa vue?... Mais, quand je m'accuse, lui, ne vient-il pas m'enlever Adelaïde? n'est-il pas mon rival? et mon rival heureux! puisqu'il la possédera.... Que sont ces griefs auprès de ceux que j'ai la faiblesse de me reprocher?... Est-il en mon pouvoir de le chérir encore, alors que j'ai doublement lieu de le craindre?... Travaillé, si j'ose harsarder cette expression, par le remords, la jalousie, l'amitié, la haine et l'amour, j'errais abymé dans mes sombres pensées, loin de la joie publique, des danses et des jeux, qui la signalaient; car ce jour, commencé sous de si funestes auspices, en était devenu un de fête : mais il m'était impossible d'y participer.

Insensiblement j'avais gagné, sans m'en appercevoir, une partie du parc plus isolée qu'aucune des retraites qui y étaient par-tout ménagées. Là, le platane, le chêne, l'acacia confondus, se rapprochaient davantage. Un petit ruisseau serpentait au pied, et son onde cristalline baignait et réfléchissait à la fois les touffes de violettes, les bouquets de fraises, dont ses bords étaient parsemés; là, le rossignol et la fauvette mariaient plus agréablement leurs sons. L'art avait été aussi appelé à l'embellissement de ce lieu; des massifs de lilas, de jasmins, de chèvre-feuilles, formaient circulairement une enceinte, où des sophas de verdure invitaient

au sommeil et à la méditation. M. de
L. y venait volontiers passer quelques
heures de la matinée, entre Plu-
tarque et Tacite, ses auteurs favoris.
Maintes fois j'avais vu aussi Adélaïde y diriger sa promenade. C'était
sur-tout lorsqu'elle ressentait quelque peine, ou se voyait éprouvée
par quelque contrariété, qu'elle
aimait à s'y retirer..... Ce jour
lui rendait un cousin, un époux,
un amant peut - être ; il dissipait
aussi ses inquiétudes pour l'oncle,
dans lequel elle allait retrouver un
père..... Je ne devais donc pas la
présumer dans l'asile habituel de sa
mélancolie, elle y était cependant ;
mais l'expression d'une douce gaieté
animait tous ses traits, elle chantait

ROMANCE

Andantino
Innozamente

Vous dont la fraicheur et l'é-

clat souvent blessenent ma tristesse symbole ai-

mable et déli - cat du plaisir et de la tendres.

se   Ro - - - - - - se placés

vous sur mon cœur ce jour a terminé sa

pei - - ne il ne bat que pour le bon-

- - heur de puis que je re vois Eu-gé-

- - - - ne depuis que je revois Eu-gé-ne.

en entrelaçant des fleurs. Je me tapis derrière le rosier, qu'elle s'occupait à dépouiller, et je recueillis ces couplets, dont le refrain détermina en rage les sentimens par lesquels j'étais combattu.

COUPLETS.

Vous, dont la fraîcheur et l'éclat
Souvent blessèrent ma tristesse,
Symbole aimable et délicat
Du plaisir et de la tendresse :
Roses, placez-vous sur mon cœur ;
Ce jour a terminé sa peine :
Il ne bat que pour le bonheur,
Depuis que je revois Eugène.

Petits oiseaux que, tant de fois,
Mes plaintifs accens ont fait taire,
Joignez vos concerts à ma voix,
Désormais ils sauront me plaire.
A vous, aux échos, chaque jour,
Je redemandais mon Eugène ;

Ensemble , chantons son retour,
Et le dieu qui me le ramène.

Et vous, bosquets silencieux !
De mes regrets dépositaires,
Vos ombrages délicieux
Bientôt seront moins solitaires.
L'hymen, sous vos dômes charmans,
D'amour viendra sceller la chaîne;
J'y veux prouver que des amans
Le plus chéri, c'est mon Eugène.

Eugène ! Eugène ! interrompis-je
avec fureur, m'élançant du buisson
qui m'avait caché. Barbare ! n'est-il
donc qu'un si fade adorateur qui
te puisse plaire ! n'est-il que lui qui
sache aimer ! où est-il ? que ce fer
le punisse à tes yeux d'être le seul
chéri de l'unique objet qui m'ait fait
connaître le crime et l'amour ! Le
voici ! répond une voix menaçante :

il est là pour châtier l'insolence de tous deux ... Cette voix, c'est la sienne ; ce sabre qui repousse mon épée, c'est aussi le sien. Cependant un nuage épais dérobe à ma vue et l'arme et l'adversaire.... De quel sang tout à coup l'herbe fleurie est-elle teinte ? Malheureux ! c'est encore du sien ; un moment m'a rendu fratricide ! les furies de l'enfer, qui venaient d'entrer dans mon sein, dirigèrent sans doute mon bras.... Non, je ne voulais point l'assassiner ! Et, à cette heure, où je vois son sang rougir la terre, je voudrais racheter de tout celui qui brûle dans mes veines chacune des gouttes que je faisais couler, et qui retombaient sur mon cœur en au-

tant de dards enflammés. Oh! position inexprimable ! quel pinceau
retracerait ton horreur ! La fièvre
qui me transportait à l'instant s'est
changée en frisson. Je demeure là im-
mobile, l'œil fixe, la bouche béante ;
le craquement de mes dents, le trem-
blement convulsif de tous mes membres indiquent seuls que j'appartiens
encore au nombre des vivans ; mais on
dirait mon agonie. Les cris perçans
et redoublés d'Adélaïde ne m'émeu-
vent pas ; l'approche du duc et de
mon père, que j'entends accourir ,
ne peut m'engager à la fuite ; je reste
cloué à cette place. Il faut un coup
plus affreux pour me rappeler à moi ;
il ne se fait pas attendre : c'est la
malédiction de mon vertueux père,

terrible, foudroyante, irrévocable.
Hélas! il venait d'implorer, d'obtenir
la rémission de ma première faute......
Mais que l'indignation qu'allume en
lui ce nouveau crime est terrible,
effrayante! celui qui me donna la
vie veut me livrer aux bourreaux.
Pour le faire consentir à me laisser
le fardeau de l'existence, il faut les
supplications de la victime généreuse
que je viens de renverser. Appuyées
des conseils de M. de L., elles lui
firent agréer qu'il me serait libre de
m'éloigner; mais c'est pour jamais
que l'inflexible Simon me bannit;
c'est pour jamais qu'il m'interdit le
foyer paternel, où le moindre indi-
gent est certain de trouver l'hospi-
talité. Il ne veut pas même que je

le salue une dernière fois ; mes effets me seront envoyés ; il y joindra
ma légitime pour ne plus entendre
parler de moi ; le cruel me refuse
un seul embrassement. J'arrose de
larmes de sang la terre où, proster-
né, j'invoque sa clémence ; son œil
reste sec ; il voit mon désespoir sans
en être touché. Le père, que ma frénésie a risqué de priver d'un fils unique,
est moins inexorable ; il me relève,
et, s'il l'osait, il m'encouragerait. Eugène n'a recouvré un instant ses sens
que pour intercéder de nouveau pour
moi. Adélaïde même, que j'ai tant
offensée, que j'ai pu rendre veuve
avant de s'être vue fiancée ; la bonne
Adélaïde distrait quelques-uns des
soins qui devraient tous appartenir à

son amant adoré, en faveur de l'assassin qui l'étendit mourant à ses
pieds; elle comprend que ce spectacle aigrit toutes les douleurs, et en-
gage mon père, son oncle, à transporter Eugène hors de ce lieu fatal.
Ils s'en vont, et cependant je ne demeure point seul avec l'angoisse du
remords. Un coup d'œil de cette
femme angélique me porte le pardon, me laisse quelque ombre de
consolation.

Il faut donc fuir en criminel cette
patrie, dont j'espérais être un jour
la gloire; il le faut : une pareille ca-
tastrophe ne peut long-temps rester
un secret pour les habitans de L.;
leur représenterais-je le meurtrier
de l'héritier de leur bienfaiteur? bra-

verais-je leur indignation, le courroux de mon père?...Sophismes dé-
cevans, lectures empoisonnées, principes corrupteurs, voilà votre ouvrage ! permettrai-je qu'il se con-
somme? succomberai-je lâchement
sous le faix horrible dont je viens
de charger ma conscience ? N'est-il
aucun moyen de me relever ? A
dix-neuf ans aurais-je posé une barrière éternelle entre mon nom et
l'estime publique? Adélaïde, tu m'as
plaint, je te forcerai de m'absoudre ;
toute ma vie je serai coupable envers toi; car je ne puis cesser de
t'idolâtrer que lorsque je cesserai de
sentir ; mais mon amour, tu ne le
détesteras plus. Eugène, tu me re-
nommeras ton frère! et vous, brave

Simon, vous rouvrirez votre cœur
et vos bras à l'infortuné que vous
en chassez. La vertu peut bien som-
meiller une fois dans le sein de
l'adolescent, que les passions bercent
après l'avoir enivré ; mais, là où elle
a constamment habité, cette léthar-
gie d'un moment, au lieu de la
tuer, la repose pour ainsi dire, lui
prête une vigueur nouvelle. Chez
moi, elle se réveillait en sursaut ;
le choc était terrible, il la remit à
la place de laquelle elle s'était laissé
choir ; désormais vigilante, inébranlable, toute son étude sera de réparer le mal que son assoupissement
a causé. Je ne voulais point partir
que je ne fusse instruit de l'état
d'Eugène. Au bout de quelque temps,

celle des femmes d'Adélaïde en qui
elle prenait le plus de confiance
m'apporta le billet suivant : « La
« blessure n'est point mortelle ; tout
« le monde en ignore encore l'au-
« teur ; mais son éloignement est in-
« dispensable. Qu'il se rende à Paris,
« on ne l'y perdra pas de vue ; il en
« trouvera la preuve à l'hôtel ; qu'il
« s'attache à faire oublier cette mal-
« heureuse journée, et les com-
« pagnons de son enfance uniront
« leurs efforts pour hâter sa grace
« et son retour. » Je baisai cent fois
ces caractères tracés par la main
chérie qui m'envoyait le soulagement
et l'espérance.... Dès le soir même,
je gagnai Clermont, et, le lendemain, j'accompagnai la députation

dont j'ai parlé à la capitale. Mon premier soin fut d'aller à l'hôtel du
duc. Le concierge m'apprit qu'il
avait reçu l'ordre de m'y préparer
un logement ; il m'y conduisit. Mes
effets y étaient déjà arrivés, ainsi
que plusieurs lettres-de-change ; ce
qui me confirma que mon père per-
sistait dans sa résolution à mon égard.
Deux lignes d'Eugène lui - même
m'apprenaient qu'il était à peu près
rétabli , m'assuraient qu'il oubliait
tout ressentiment contre son frère
de lait , et qu'il l'aimait encore ; il
ajoutait que sa présence étant absolument nécessaire à son régiment ,
il était contraint d'y retourner sur-
le-champ , ce qui retarderait son
bonheur. Son bonheur ! non , ce

n'était point là l'expression dont il se
servait; il savait trop à quel point elle
m'eût paru cruelle; mais, dans mon
esprit, elle était le synonyme de celle
qui désignait ce qui devait compléter
mon infortune, et s'y présentait en
même temps. Le duc m'avait aussi
envoyé une lettre de recommanda-
tion pour le général L. F., alors tout-
puissant, et dont la protection pouvait me devenir infiniment utile. Les
termes dans lesquels M. de L. parlait
de moi m'étaient favorables; j'étais
d'ailleurs déjà connu du général; des
rapports plus intimes que ceux du
voisinage (leurs terres se touchaient)
avaient existé entre lui et le père
d'Eugène. Ce dernier partit avec lui
pour la dernière guerre en qualité

de son Mentor, et ce fut à ses di-
rections, non moins qu'à son propre
mérite peut-être qu'il se vit rede-
vable de cette brillante réputation,
justifiée par des exploits déjà oubliés
parmi nous, mais dont le souvenir
vivra dans l'autre hémisphère aussi
long-temps qu'on y attachera quelque
prix à cette liberté qu'ils ont con-
quise. Les circonstances présentes, et
les rôles si différens que l'un et l'autre
de ces hommes y jouaient, avaient
un peu altéré leur ancienne amitié;
mais, s'appréciant réciproquement,
ils se conservaient une estime véritable, et M. de L. F. saisit avec
empressement l'occasion d'en fournir
une preuve de son côté en s'intéressant à moi. « Je remercierai M. de

2. 4

« L., me dit-il quand je me présen-
« tai chez lui, de me donner à for-
« mer pour la patrie un sujet dont,
« sans doute, elle aura lieu de se
« louer. J'avais remarqué en Auver-
« gne les dispositions qu'a mises
« en vous la nature, à laquelle vous
« devez tant; grace à notre régéné-
« ration sociale, elles ne seront point
« perdues pour la chose publique. Je
« ne vous placerai point d'abord en
« évidence, ajouta-t-il, parce que
« mon appui pourrait bien ne pas
« vous être toujours également avan-
« tageux : rien n'est si éphémère que
« la faveur du peuple et sur-tout ici :
« vous attacher à ma personne, ce
« serait vous lier à ma fortune, et
« peut-être il en naîtrait un regret de

« plus pour moi. C'est donc un sacri-
« fice que je ferai de ne pas paraître
« me charger de vous. Mais j'aurai
« toujours l'œil sur vos intérêts. La
« paix de l'Europe est menacée par
« les assauts qui se préparent contre la
« politique de ses gouvernemens. La
« France aura sur-tout besoin d'of-
« ficiers distingués, attendu qu'elle
« en perd tous les jours un trop
« grand nombre, dont elle pouvait se
« glorifier. Soyez un de ceux qui les
« remplaceront; avec du travail, de
« la conduite et de la modestie, le
« meilleur bouclier des talens, vous
« pouvez un jour prétendre à tout.
« Étudiez beaucoup ; joignez-vous
« aux évolutions de la garde que je
« commande ; qu'on vous voie sou-

« vent aux revues du Champ de
« Mars, jamais chez moi. Je vous
« donnerai un grade qui vous ren-
« dra utile, nécessaire, soit ici, soit à
« l'armée, et ne vous suscitera point
« de jaloux, parce qu'il ne procure
« que de la peine. » Il me nomma
effectivement l'un des adjudans de
l'armée parisienne, et m'employa,
dans les quinze mois que je conser-
vai cette place, chaque fois qu'il crut
que je pouvais me faire remarquer
honorablement, mais ne m'en in-
vita pas une seule à dîner. Ce que je
dois au pays qu'il a abandonné ne
me permet pas de prononcer sur
cet homme célèbre. J'ai vu la foule
idolâtre s'agenouiller devant son
coursier; aujourd'hui ses injures le

poursuivraient sur l'échafaud. Tout
ce que j'en puis dire, c'est qu'il m'a
toujours paru mettre son ambition à
servir utilement sa patrie; et ma
reconnaissance ne me permet que
des vœux pour qu'il puisse un jour
la revoir, et l'honorer encore.[1] Je
lui ai principalement l'obligation de
m'avoir donné le moyen de commencer mes réparations envers mon

---

[1] Il l'a revue. Tous les hommes im-
partiaux, tous les amis du gouvernement qui l'y a rappelé, ont applaudi à
cet acte de sa justice. L'obscurité derrière laquelle M. L. F. se tient est un
titre de plus à l'estime publique. Si cette
bagatelle parvenait jusqu'à lui, puisse-
t-il y voir la preuve que tous les Parisiens ne sont pas ingrats!

frère de lait, dont le même moment m'avait déclaré le rival, et rendu presque l'assassin, quand j'entendis Adélaïde s'adresser même aux objets inanimés qui l'entouraient, pour proclamer l'amour qu'elle accordait à Eugène : ne me connaissant plus moi-même, je maudis lui, l'amour, Adélaïde. Je n'eus pas le temps de la réflexion, et il eût fallu le bras de Dieu même pour arrêter le mien. Mais, lorsque je le contemplai s'abattre sans couleur et presque sans vie sous le coup que je venais de lui porter ; quand sur-tout je vis que la première parole qui sortait de sa bouche était le pardon le plus généreux, j'oubliai ma flamme, et celle qui l'avait allumée : je ne considérai plus

que l'ami de mes premières années,
le fils du bienfaiteur de tant de mille
ames. Nos caresses enfantines, nos
aimables jeux, les tendres noms dont
nous nous appelions, se reproduisi-
rent à la fois à ma mémoire; l'idée
du premier fratricide la frappa en
même temps : cette figure char-
mante, cet œil de la couleur du ciel,
qui semblait se fermer pour jamais
à sa lumière; cette blonde chevelure,
ces membres délicats, tout me disait : Abel gît à tes pieds, et tu es
le lâche Caïn. Caïn fut moins inex-
cusable; trop de partialité de la
part de parens, trop prévenus peut-
être, donna naissance à sa haine,
l'alimenta du moins. D'ailleurs, fa-
rouche enfant d'une nature encore

sauvage, aucune culture n'avait
adouci la rudesse du caractère qu'il
en tenait; mais toi! quelle imputation peux-tu faire à ton frère de
lait? Les bienfaits de sa noble famille t'ont seuls élevé jusqu'à lui, et
tu le provoques, tu lui donnes la mort,
parce qu'il est aimé de celle qui lui
fut choisie pour épouse; qui ne pouvait se douter que le fils de Simon
osât l'élire pour amante! Sans doute
je n'analysai point d'une manière
aussi détaillée ces reproches que je
m'adressais; mais mes devoirs étaient
tracés par le sang que je venais de
verser; et je jurai de sacrifier, s'il
le fallait, tout le mien pour leur accomplissement. Je m'affermis à Paris
dans ces dispositions, dont j'avais

dit un mot plus haut. Je n'en ai point dévié depuis ; toute ma vie sera consacrée à les remplir.

La discipline s'affaiblissait de plus en plus dans tous les corps. Le génie infernal qui souffla l'esprit de révolte et d'anarchie, du moment où les Français saluèrent celui de la liberté, avait enfin gagné l'armée. Du moment où l'on y mit en problême si l'obéissance était un devoir, l'insubordination parut un droit. Les soldats crièrent à leur tour au despotisme et à l'indépendance ; ils se soulevèrent contre leurs chefs ; et ceux-ci, ne s'appercevant pas que c'était là le piége où on les attendait, accumulèrent fautes sur erreurs ; ils mollirent où il fallait de la fermeté, ne montrèrent que de

4.

l'orgueil où il importait de mani-
fester de la condescendance : là, comme ailleurs enfin, l'intérêt person-
nel fut mis à la place de celui qui
par-tout servait de prétexte ; aussi
parvenait-il de tous côtés, soit des
plaintes, soit des félicitations, des
changemens qui s'opéraient à force
ouverte dans les régimens ; les subalternes s'emparaient à leur gré des
grades de leurs supérieurs après les
avoir insultés et chassés ; les derniers soldats suivaient, à leur égard,
la route qu'eux-mêmes venaient de
tracer ; les instigateurs des uns et
des autres voulaient partager avec
eux. Tous ceux des officiers qui
n'avaient que des préjugés met-
taient leur point d'honneur à dé-

serter la place où ils ne pouvaient se maintenir.

Les hussards de L. étaient restés étrangers à toutes ces agitations, fiers des glorieux souvenirs attachés au nom qu'ils portaient : celui qui en était l'héritier possédait, avec tout leur respect, leur plus tendre affection ; sa beauté, sa grace charmaient ces bonnes gens ; son aménité, sa bienfaisance, lui conciliaient tous les cœurs, et ses talens tous les suffrages. Grand sans ostentation, bon sans faiblesse, sa conduite, dans ces temps difficiles, serait une règle à proposer : à mesure que les innovations lui coûtaient quelqu'un des brillans hochets dont la plus illustre origine l'avait entouré, on eût dit

qu'il commandait à la considération
qu'il ne devait qu'à lui-même de l'en
dédommager par des égards redoublés. Il n'était plus l'un des premiers grands seigneurs de la première monarchie, il restait toujours
le meilleur, le plus brave, le plus
joli des colonels de la France ; les
vieux soldats le regardaient comme
leur enfant chéri ; les jeunes trouvaient en lui les soins d'un père at-
tentif ; tous s'accordaient à le nommer l'espoir et l'ornement de l'armée ; il n'était, en un mot, sur sa personne qu'une voix, qu'un sentiment.
Mais plus il méritait les éloges, même de ses ennemis, moins ils le lui
pouvaient pardonner, et il en comp-
tait d'autant plus acharnés, qu'ils

tardaient davantage à se venger sur lui de l'impossibilité de perdre encore son vertueux père ; la circonspection d'Eugène leur ôtait l'usage, à son égard, de cette tactique qu'on les voyait mettre en œuvre, avec tant de succès, contre ceux dont les passions enchaînaient la prudence. L'amour de ses subordonnés était une sauve-garde qui les avait déjà plus d'une fois déroutés. L'ingratitude est une semence qui ne germe que dans les terrains préparés par la corruption ; si elle fructifie trop généralement, il est aussi quelques lieux où elle ne saurait prendre racine; et le cœur du véritable guerrier est, quoi qu'on en dise, celui où ses progrès sont les plus lents et les plus

difficiles. Aussi les émissaires répan-
dus parmi les hussards de L., à dessein de les porter à l'insurrection
contre leur chef, furent-ils assez mal
reçus pour n'être pas tentés de re-
venir à la charge : il fallut donc changer de batteries; l'effet de celles subs-
tituées n'aurait été peut - être que
trop sûr, si l'amitié ne l'avait détourné.

J'ai dit que le régiment de L.
était l'un de ceux qui formaient la
garnison de M.; mais, dans des con-
jonctures qui ajoutaient infiniment
à l'importance habituelle de cette
place, il avait été jugé indispensable
de renforcer considérablement le
nombre des troupes qui en faisaient
ordinairement le service : on y en-
voya, entre autres, un de ces batail-

lons nouvellement levés, qui ne connaissaient encore de la liberté que cet enthousiasme qui, bien dirigé, assure ses triomphes, et l'entraîne de même à sa ruine alors qu'il lui associe les excès de la licence. Les travaux de la guerre, le séjour des camps, l'habitude de la victoire, font déjà de nos volontaires les premiers soldats du monde; mais cette bouillante ardeur qui répand l'effroi chez l'ennemi, qu'on ne saurait assez encourager en sa présence, n'était encore, au sein de nos cités, qu'une arme dangereuse entre les mains des agitateurs. Ce courage si utile à l'armée, ils l'exaltaient pour en former un nouveau brandon de discorde; ce noble patriotisme qui fait braver à

nos Hercules imberbes le dénue-
ment, les intempéries, les saisons,
et les place, dès leur première campagne, sur la même ligne que les
vétérans de la gloire; ce patriotisme
se laissait parfois égarer par d'astucieux conseils et de perfides insi-
nuations. Le bataillon dont je parle
ne fut pas plutôt arrivé à M., qu'on
s'appliqua à le prévenir contre les
hussards de L.; vainement Eugène
en combla-t-il de prévenances tous
les officiers, la plupart sans éducation, sans l'expérience qui y sup-
plée, ils n'écoutaient que l'esprit de
défiance et de rixe qu'ils avaient puisé
dans nos séditions, et ne virent dans
l'ex-marquis *qu'un aristocrate*,
dans ses soldats que *des satellites*

du despotisme. Ceux-ci, contenus par leurs chefs, et par le sentiment de leur supériorité sur des antagonistes si novices, ne répondirent point d'abord aux défis qui leur étaient chaque jour adressés ; leur réputation de valeur était faite, ils consentirent à ne faire parler que de leur modération : mais dès que les outrages passèrent la mesure, dès qu'ils s'apperçurent aussi que leur colonel adoré y était plus particulièrement en butte, aucune raison ne put agir sur eux ; ils furent indociles aux défenses, sourds aux supplications de celui qu'ils voulaient venger, le sang coula ; et, au lieu de ramener la paix, comme il arrive parmi nous entre les braves, qui, après s'être mutuellement essayés, ne s'estiment que davantage, la haine s'en accrut : mais, de la part des agresseurs, elle changea tout à coup de plan ; l'attaque corps à corps leur réussissait trop mal, il fallait des moyens moins francs, plus sûrs.

Les tribunes des sociétés populaires, qui, à peine instituées, dégénéraient en foyers d'intrigues, retentirent des accusations banales contre la maison de L.; les crimes imputés au père furent transportés au fils ; tout ce que la méchanceté peut imaginer d'atroce s'y joignit; l'absurdité des dénonciations leur donna plus de poids encore. Le sabre des hussards de L. ne pouvait rien contre de pareilles menées ; et leur in-

dignation fut à son comble, lorsqu'il
leur parvint que leur commandant,
ayant *perdu la confiance des patriotes de M.*, sa destitution serait demandée au ministre de la
guerre; qu'en attendant, il resterait
sous la surveillance des honorables
frères et amis; et que, dans le cas
où ses subordonnés s'opposeraient à
ce qu'il fût mis en lieu de sûreté,
le bataillon des fédérés serait in-
vité à unir ses efforts pour s'emparer
de la personne de ce suspect. On
espérait bien ne pas se voir obligé
d'en venir là : la frontière n'était
qu'à deux lieues; il était présuma-
ble que, dans cette extrémité, Eugène suivrait le parti que presque
tous les autres chefs lui avaient tracé;

et alors quel champ pour la mal-
veillance ! Mais elle s'abusait cette
fois encore dans ses calculs. M. de
L., qui ne voyait qu'avec douleur la
lâche désertion de tant de compa-
triotes, dont le cœur vraiment français se révoltait à l'idée qu'ils ne quit-
taient leur patrie que pour aller chercher les moyens d'y porter toutes
les horreurs de la guerre civile, avait
fait jurer à son fils qu'il verrait venir la mort, le supplice même, plutôt que de chercher à s'y soustraire
par une démarche qui justifierait ses
persécuteurs. Fidèle à ce serment,
Eugène resta à son poste, et il se
passait peu de jours où la caserne des
hussards ne fût assiégée par les fédérés et les clubistes réunis; mais les

opiniâtres défenseurs du jeune colonel avaient juré de périr jusqu'au
dernier avant de le livrer : de vi-
goureuses sorties les rendaient maîtres du champ de bataille, qu'on
ne leur abandonnait pas pour cela.
C'est ainsi que, tandis que l'étranger s'apprêtait à fondre sur notre
territoire, les gagistes qu'il stipen-
diait au milieu de nous armaient
les uns contre les autres ceux à la
garde desquels son intégrité était
confiée, et, fondant toujours ses es-
pérances sur nos divisions intes-
tines, faisait tourner à son profit les
troubles fomentés par lui-même, à
l'aide de ressorts d'autant plus effi-
caces qu'ils étaient fournis par nos
passions, et que nous mettions plus

d'activité à les faire mouvoir. On n'en pourra douter, si l'on considère que ce qui se passait à M. se répétait à la même époque, bien qu'en sens divers, sur tous les points de démarcation; le but était le même, celui de nous affaiblir, de nous enlever l'élite de nos officiers, et d'établir la confusion et l'anarchie dans nos rangs pour les surprendre avec plus de facilité. Dès que l'on apprit à l'hôtel de M. la position critique de mon frère de lait, je courus en faire part à monsieur de L. F.: heureusement, il n'était point encore parti; mais il disposait tout pour se rendre au camp de Maubeuge, la rupture venant d'éclater avec l'empereur. Il fut sur-le-champ chez le

ministre pour éclairer sa religion;
et je l'y accompagnai. Le ministre,
ancien militaire, avait été à même
d'apprécier le mérite du duc, et se
rappela ses services; il écrivit aussitôt à son fils qu'il pouvait compter sur sa protection, connaissant
la fausseté des griefs renvoyés à son
examen, et lui annonça en même
temps que, son régiment étant un de
ceux destinés à entrer en campagne,
il lui ordonnait de le conduire au
rendez-vous général des troupes,
au reçu de la présente. Je sollicitai
d'être porteur de cette missive, et
l'autorisation d'en faire appuyer le
contenu du secours de la force, s'il
était nécessaire. L'un et l'autre me
furent accordés. Je montai à cheval

à l'heure même ; je crevai deux montures : il était temps que j'arrivasse.

Furieux de ne pouvoir venir à bout de leurs projets hostiles à main armée, les frères et amis méditèrent une ruse, qui devait obtenir plus de succès que les assauts malencontreux livrés à grande perte pour les exécuteurs de leurs sublimes arrêtés. Depuis huit jours les hussards tenaient leur chef consigné dans l'enceinte des casernes; une compagnie toute entière gardait le pavillon qu'il occupait; triple factionnaire était posé à tous les postes, et la moindre alerte eût mis sur pied tout le régiment, tant chacun apportait de zèle, et mettait d'orgueil

à la conservation, au repos d'une
tête si chère; mais, pour un colonel
de dix-huit ans, il était à soupçon-
ner que cette retraite forcée n'était
guère moins désagréable que celle
où ses ennemis auraient voulu le
tenir. Aussi se doutèrent-ils qu'il serait peut-être le premier à s'aban-
donner aux mains qui s'offriraient
à l'en tirer, pour peu qu'il y pût prendre confiance : or, lui en inspirer,
n'était pas la difficulté la plus ma-
jeure. On touchait aux derniers jours
du carnaval; et, attendu que chez
nous, peuple léger par-dessus tout,
le plaisir n'en va pas moins son train
au milieu des plus effrayantes con-
vulsions politiques, les redoutes se
succédaient à M., tout comme si la

moitié de la garnison n'eût pas été
en guerre réglée avec l'autre. Les officiers des deux partis faisaient trève
pour aller au bal, au sortir duquel ils
allaient se couper la gorge. Le char-
mant Eugène cependant, l'ame, le
coryphée de toutes les fêtes, manquait
essentiellement à ces brillantes réu-
nions. Les dames, ci-devant de la
haute volée, qui avaient eu tout le
loisir de juger ce qu'il valait, jetaient
les hauts cris, et les bourgeoises, qui
avaient estimé l'agrément de faire
connaissance avec lui, l'un des plus
doux avantages de l'égalité, ne sou-
piraient pas moins après son retour.
Les unes et les autres avaient plus
d'une fois inutilement tenté de se
porter médiatrices. Dans ces cruels

momens, on sait assez que, pour la première fois, le sexe voyait son empire méconnu en France ; les graces étaient impuissantes:... les mégères seules, opprobre de cette plus belle moitié du genre humain, semblaient déchaînées par l'enfer pour régner exclusivement. L'objet de tant de regrets et de tant d'animosité s'indignait d'une captivité qui lui donnait l'air de craindre, et le sevrait de tant d'aimables amusemens; mais ses gardiens lui tenaient rigueur, et il avait fallu qu'il se soumît à la gêne que lui imposait leur tendre défiance. Un bal masqué avait été annoncé pour couronner ces jours de folie, chez une riche veuve dont la maison, temple de la gaieté, se

trouvait à quelque distance de la
ville : par des soins perfides, l'invitation la plus pressante fut secrète-
ment remise au triste détenu : elle était
signée des femmes les plus adora-
bles. Un galant costume de nymphe,
parfaitement fait à sa taille, devait
le rendre méconnaissable à tous les
yeux, et on lui faisait serment de
ne le point trahir, ajoutant qu'il
pouvait, en toute sûreté, se fier aux
porteurs. Ces porteurs étaient deux
garçons de la principale auberge de
la ville, et où il prenait ses repas ;
car il avait supprimé son cuisinier,
sa maison, du moment où le faste
ne fit plus partie essentielle de son
état : et, depuis sa résidence à la caserne, son dîner et son souper lui

étaient envoyés dans ces grands pa-
niers qu'on tient à deux, et qu'on ap-
pelle mannes. Les sentinelles avaient
coutume de leur ouvrir le passage,
sans se permettre de porter un œil
indiscret sous les serviettes dont
elles étaient recouvertes. L'armée
d'observation n'empêchait pas non
plus les vivres d'arriver au camp
ennemi, soit que les assaillans ne
fussent pas encore au fait des règles
d'un blocus complet, soit qu'ils re-
doutassent que la faim n'ajoutât au
désespoir des assiégés. Excédé de ces
arrêts, transporté à l'idée de sa métamorphose, dont le mystère était
un stimulant de plus, mon petit frère
de lait, sans autres réflexions, bat
trois entrechats, partage sa bourse

entre les deux traîtres gargotiers, achète également le silence de son valet de chambre, non moins jeune, aussi aveuglé que son maître, et promet d'être prêt à l'heure du souper. Après dîner il affecte de se faire voir à ses hussards, assiste au pansement, fait manœuvrer dans les cours, et remonte chez lui, non sans avoir remercié plus que jamais *ses chers géoliers*, comme il les nommait, et riant, à part lui, du meilleur de son ame, du tour qu'il allait leur jouer. Cependant il se promettait bien de ne leur causer aucune alarme, et d'être de retour au milieu d'eux avant même qu'ils eussent vent de son évasion.... Deux heures suffisent pour l'élégante toilette, Vertfeuille

(c'est le nom du valet de chambre)
n'est pas mal adroit, et la figure,
la taille d'Eugène, prêtent si fort à
l'illusion. Le moment arrive, il se
blottit dans l'osier recéleur, qui passe
pour ne contenir que la vaisselle du
dîner; mince, petit, il ne tient guère
plus de place, et n'est pas d'un volume beaucoup plus lourd. Tout succède au gré de ses desirs, aucun factionnaire n'a fait la moindre opposition : à deux rues de là, le car-
rosse promis l'attend; il reconnaît
la couleur et le chiffre de la dame
qui est censée le lui envoyer; ne
fait attention qu'à cela, et s'élance
dans la trompeuse berline, qui, au
lieu de le transporter au séjour des
ris et des jeux, prend le chemin de

Paris, où le conduisent en personne le président, le secrétaire, et l'un des plus véhémens orateurs de la société populaire, qui n'ont imaginé tout ce déguisement, que pour parvenir plus impunément à leur but tant de fois manqué. Avant que la victime ait pu s'appercevoir du stratagême, douze cavaliers lui forment une escorte, contre laquelle ses cris ne peuvent rien : déjà ils avaient fait trois postes. J'étais arrivé, peu de minutes avant eux, à l'endroit de leur première halte ; leurs chevaux, dont ils n'avaient point changés, excédés, couverts de sueur, étaient incapables de faire un quart de lieue de plus. Ils en demandaient d'autres de ce ton d'autorité devenu si promptement familier à ces messieurs. Je n'en avais retenu qu'un ; mais l'air de jubilation et de mystère de ces individus, les précautions qu'ils prenaient pour que nul n'approchât de la voiture, dont tous les stores restaient baissés; quelques sons plaintifs que j'avais cru en entendre partir, quoiqu'étouffés, ce cachet de bassesse et d'atrocité, apposé sur presque toutes les physionomies des membres de la propagande, élevèrent en moi je ne sais quel soupçon vague : mais, en qualité de courrier du gouvernement, je requiers les vingt chevaux qui étaient libres.... Pour qui? s'informe avec hauteur le chef de la bande? car c'en était là une, si jamais il en fut. — Pour qui?

5.

Pour vingt carabiniers dont je vais me faire accompagner à franc étrier jusqu'à M., où je porte des ordres aussi pressés qu'importans, de la part du ministre. Monsieur le maître de poste, vous m'entendez? il y a dans cette petite ville un commandant de place; je vais le faire éveiller, si, avant mon retour, un seul de vos relais est livré à ces gens-ci, ou à qui que ce soit, c'est vous que j'accuse de tout retard à l'exécution de mes instructions. J'étais par là sûr de lui : le corps de garde national se trouvait voisin, j'y courus; à mon invitation, tout le poste vient cerner l'équipage, et on somme de l'ouvrir au nom de la loi. D'abord, grand tumulte; refus formel d'acquiescer à

la sommation : mais les baïonnettes
eurent, de tout temps, un droit que
personne ne s'avise de contester
long-temps, et auquel il faut toujours finir par céder. — C'est un
aristocrate, un conspirateur, que
nous traînons à la barre des jacobins
de Paris. — Voyons l'aristocrate....
Ah! messieurs, une bergère conspi-
ratrice! Passe encore si c'était quelque noble amazone. — C'est un
homme, c'est le ci-devant colonel
des hussards de L. — Ce colonel n'a
point cessé de l'être; et, sous ces
guirlandes, quel soldat reconnaîtrait
son chef? Ainsi, messieurs, vous nous
abusez, et vous alliez compromettre
les affaires de l'état, pour le succès
d'un rapt amoureux sans doute;

car, au désordre seul de cette aimable enfant, on voit son innocence, et l'iniquité de vos vues. Vous permettrez que le commandant de ce lieu en décide. Pour vous, belle dame, dis-je au masque intéressant en lui serrant la main, n'appréhendez rien de messieurs les bourgeois à la garde desquels je prends sur moi de vous confier; ils sont armés pour protéger les personnes opprimées, et vous êtes, ajoutai-je avec expression, du nombre de celles que tout soldat français fait gloire de garantir d'insulte aux dépens même de sa vie. Cependant, aux vociférations de nos ravisseurs, tout le voisinage est aux fenêtres; en moins de rien, les lumières se sont rallu-

mées, et la rue s'est remplie : un es-
cadron en cornette a pris sous sa
sauve-garde la touchante inconnue,
dont le courroux rehausse encore l'é-
clat et la beauté. Ah bien oui ! un
homme, nasillent les vétérannes ;
lequel a jamais eu ce teint, ce bras,
ce corsage ?.. Si c'en était un, mur-
muraient tout bas les jeunettes ; oh !
comme il serait gentil ! et toutes se
réunissaient en sa faveur. Pour lui,
pleinement rassuré, du haut du mar-
che-pied sur lequel il était resté assis,
et qui lui figurait un trône, il toi-
sait ses ennemis confondus, et son
regard étincelant les faisait rentrer en
terre.

Le commandant, instruit par moi,
sous le sceau du secret, du sexe

d'Eugène, et de la commission dont
j'étais chargé à son égard, feignit
de s'y méprendre comme les autres.
Il lui donna, avec des postillons un
peu plus sûrs pour s'en retourner à
M., la même berline qui l'en avait amené. J'y montai à ses côtés ; les vingt
carabiniers, devenus réellement né-
cessaires, nous furent fournis. Pour
les Brutus et les Gracchus de M.,
ils restèrent au corps-de-garde jusqu'à ce que leurs consorts les soient
venus réclamer.

En chemin, mon frère de lait,
qui m'avait cent fois nommé son
libérateur, me mit au fait des par-
ticularités de son aventure ; nous
nous promîmes réciproquement de
ne plus souffrir que rien rompît

désormais le lien fraternel dont le
sein de Thérèse nous avait unis. Il
m'apprit que M. de L. avait demandé
du service dans la guerre qui allait
commencer, et qu'il y serait employé comme général. Quant à mon
père, il ne se montrait pas encore disposé à me pardonner, se
trouvant d'ailleurs extrêmement of-
fensé de ce qu'au mépris de ses
intentions, ce n'était pas dans le
régiment de L. que j'avais commencé ma carrière militaire : à ce
sujet, le cher colonel me proposa
de m'y faire entrer sur-le-champ en
qualité de sous-lieutenant; ce qui
était d'autant plus facile, qu'il en
venait d'émigrer deux depuis quelques jours : il me pressa fortement

d'adhérer à son offre..... Nous ne
nous séparerions plus, me dit-il :
libre à présent de suivre l'impulsion de mon cœur, de ne me régler que sur elle dans le choix de
mes amis, tu dois être persuadé
qu'il n'en sera jamais pour Eugène
d'aussi cher que Firmin ; et, si tu ne
peux oublier Adélaïde, eh bien !
nous en parlerons quelquefois ensemble : qui sait, hélas ! si je la re-
verrai ? notre union, qui te rendrait
si malheureux, est remise à la
paix ; qui osera prédire si elle achè-
vera de se conclure ? Sensiblement
touché de la franchise de son procédé, et de la perspective qu'il mettait devant mes yeux, je fus sur le
point de souscrire à tout ce qu'il

desirait ; un pressentiment, que je
bénis aujourd'hui, me retint : Non,
lui répondis-je, le temps n'est pas
encore venu où nous ne devrons
plus nous quitter ; vous restez ex-
posé à bien des dangers, je les pré-
vois : à vos côtés je les combattrais
sans doute ; mais je serais peut-être
moins à portée d'y parer avec succès. Je veux être votre ange gar-
dien invisible pour tout autre ; vous
seul me trouverez toujours placé
entre le péril et vous..... Il ne faut
pas qu'on devine la main qui s'ap-
pliquera à l'éloigner ou à le prévenir ;
il est même à propos qu'à M. personne ne me connaisse pour votre
frère de lait ; que vos hussards ne
s'en doutent pas davantage ; que je

n'en sois seulement pas remarqué.
Un jour peut-être aurons-nous à
nous féliciter de cette précaution ;
mais je sollicite instamment une
grace de votre bienveillance ; c'est
de m'instruire exactement de tout
ce qui pourra vous survenir, et, dans
quelque position que vous vous trou-
viez, de compter sur le cœur et l'é-
pée de celui qui vous est dévoué à
la vie et à la mort. Nous tombâmes
dans les bras l'un de l'autre. Sainte
amitié, nous écriâmes-nous ensemble, prends sous ta protection spé-
ciale notre alliance renouvelée, et
accours à nos vœux par-tout où l'un
de nous t'invoquera ! Arrivés à M.,
Eugène se fit descendre dans un lieu
où il pût changer de costume. Je ne

dirai rien de l'étonnement de la
garde des casernes de le voir arriver
par la grande grille, lorsqu'on le
croyait encore dans son lit. Je com-
muniquai les ordres à qui il appartenait ; ses principaux ennemis
étaient écartés; son départ à la tête
de sa troupe, loin d'éprouver de
l'empêchement de la part des volontaires si méchamment induits en
erreur sur son compte, le réconcilia
avec eux ; un excellent déjeûner
réunit les officiers et les députés des
soldats des deux corps : on but à la
nation, au trop tardif raccommo-
dement, et le bataillon tout entier
fit la conduite aux hussards.

La dénonciation envoyée aux
bureaux de la guerre y resta ou-

bliée pendant plus de six mois :
à la vérité le ministre, le courrier,
le maître de poste, j'allais presqu'a-
jouter ses chevaux , furent plus
d'une fois désignés à la célèbre tribune, comme autant de complices
du conspirateur ; et, lorsqu'à tous
les bouts de la France les intrigans
eurent réussi à s'emparer exclusivement de la chose publique, l'accusation reproduite par ceux de M.
reçut enfin son effet Eugène, hon-
teusement destitué, se vit forcé de
fuir pour se dérober au sort que
venait de subir l'auteur de ses jours,
et qui était réservé à tout ce qui
en portait le nom.

Content de le voir échappé pour
le moment, je m'empressai de ga-

gner l'armée, où mon protecteur
m'avait placé comme officier de correspondance près du brave général
G., son frère d'armes, qui, plus
heureux que lui, périt au lit d'honneur avant d'avoir vu son pays la
proie des brigands, et son ami ca-
lomnié, vaincu, proscrit par eux.
Je respirai avec délices l'air du véritable patriotisme; les scènes dégoû-
tantes auxquelles je l'avais vu servir de prétexte, pendant quinze
mois de résidence à la capitale, ne
furent point capables d'éteindre dans
mon cœur sa flamme sacrée; elle
l'échauffera jusqu'à son dernier bat-
tement; mais je me suis convaincu
que c'est dans la seule enceinte des
camps que ses nobles inspirations

sont le plus dignement mises en pratique, tandis que les plus méprisables scélérats empruntent son masque et son nom pour déshonorer sa cause dans celle des villes. Oh ! qu'elle est affreusement criminelle la horde de ces usurpateurs ! J'ai vu, de plus près qu'un autre, leurs trames abjectes comme eux, mais adroites, mais ourdies par l'hypocrisie la mieux entendue : ainsi que l'hydre aux cent têtes, on les voit renaître à mesure qu'on les croirait abattues; ils s'entre-détruisent sans cesse de se succéder ; la base de leur empire est de boue, à la vérité, mais ils la cimenteront long-temps encore des pleurs et du sang le plus pur des Français. Notre

infortunée patrie est devenue, sous
leurs mains, l'antre d'Augias; il faut
un autre Hercule pour la purifier. [1]
D'abord leur dupe, ils ont cru faire
un adepte de moi; je m'en étais
éloigné : ils m'ont rappelé, quand
ils eurent franchi le dernier degré
du crime, pour s'installer sur celui
de la toute-puissance. Le vertueux
duc de L. a été, l'un des premiers,
écrasé par leur verge (leur massue)
de fer : de tant d'honneurs accu-
mulés sur sa tête, il n'avait réclamé
que celui de périr à la tranchée; ils
l'en ont enlevé pour le traîner au
supplice. Vainement j'ai tout tenté
pour le lui épargner; je n'ai pu, à

---

[1] Le 18 brumaire de l'an 8 l'a amené.

force de peines, que parvenir à son cachot, embrasser ses genoux à ses derniers momens, en adoucir l'amertume, en lui jurant d'adopter son unique enfant, sa veuve, sa famille, ou de tendre avec eux la gorge aux bourreaux, si je ne les y pouvais arracher; et, pour en entrevoir seulement l'espérance, de combien de bassesses n'a-t-il pas fallu me souiller ! J'ai dû rugir avec les tigres à l'aspect des victimes que je veux leur soustraire. L'ingratitude, le vice, l'impudeur, sont seuls honorés; j'en arbore les livrées odieuses, et me forçant au langage de l'imposture, après m'être façonné à tous les détails de son art, je suis réduit à comprimer mes plus chers sentimens sous les dehors de ceux que j'ai en exécration !

Eugène, abandonné du rang auquel ses vertus avaient ajouté tant de lustre, ne sachant où se réfugier, n'osant paraître au château de L., où déjà l'on avait apposé le sceau de l'envahissement, avait cru pouvoir se cacher, avec plus de sûreté que par-tout ailleurs, dans quelque coin de cette immense cité, où la vertu s'estimait alors heureuse de trouver l'obscurité dont n'avait plus besoin le crime. Il y arrivait après avoir échappé à des dangers de tous les genres, le jour même que son père montait au lieu des récompenses, par la route de l'échafaud.... Il traversait la place à l'horrible ins-

tant;.... il reconnut la tête mutilée....;
on le porta à demi mort dans mon
hôtel garni, dont l'adresse fut trou-
vée sur lui par un hasard combiné
sans doute par la providence. Un
honnête journalier avait seul observé
son trouble, et l'avait entraîné loin
de tous les regards, alors fixés sur
l'autel de l'assassinat. Hélas! je pleu-
rais dans l'endroit le plus reculé de
mon appartement : (depuis long-
temps j'avais quitté l'hôtel de L.)
ma chambre ne pouvait être, pour le
malheureux orphelin, qu'une retraite
de quelques heures; il y voulait mourir. Je passe sous silence tous les
raisonnemens que j'employai pour
lui faire comprendre qu'il se devait
à sa mère, à son amante, à moi

peut-être. Il consentit à tout ce que
je voulus. Dans le silence, et non
dans la paix de la nuit, je me rap-
pelai que cette Claudine, dont mon
père avait voulu faire mon épouse,
avait à Paris un oncle, qui depuis
longues années y exerçait le métier
de commissionnaire, et j'espérai un
moyen de salut. La probité est l'unique patrimoine de cette classe labo-
rieuse et respectable; de tout temps
elle est reconnue pour en être en
possession, et on ne l'a point vue s'en
dessaisir, à l'effet de courir à la fortune, lorsque, pour première condition, celle-ci en eût exigé le sacrifice.
Cette probité n'offusquait pas ceux
qui avaient intérêt à l'extirper ailleurs, parce qu'associée à la pauvre-

té, elle n'offrait ni un contraste dangereux, encore moins une concurrence alarmante. Sous ce double rapport, je pouvais me confier à l'honnête Blaizot. Je courus à sa recherche dès la pointe du jour. Tous les Auvergnats se connaissent à Paris ; je fus bientôt instruit de la borne où, depuis vingt-cinq années, se tenait le vieux Piarre. Je débutai par me nommer, et m'ouvris à lui sans réserve. Ah ! quiconque aurait vu ses larmes, quand je réclamai de sa compassion la moitié du galetas qu'il occupait, pour le fils de son seigneur, se fût dit comme moi : Là, il ne sera pas plus trahi qu'au milieu des hussards qu'il s'est vu contraint de quitter. Il n'hésita pas à offrir de le

recueillir; il fut plus difficile de lui
faire adopter toutes les précautions
qu'il était si urgent de garder. J'en
vins à bout enfin; et, le même soir,
le successeur, l'héritier des ducs de L.,
fut établi par charité chez un porte-
faix, sous le titre et l'habit de sa
nièce. J'ai dit que le costume de l'autre sexe lui seyait à faire illusion; le
patois auvergnat qu'il avait appris à
la ferme ne contribuait pas peu à
celle de son travestissement nouveau:
il était blond, la véritable Claudine
était brune; une perruque noire cou-
vrit et cela sa chevelure cendrée; la
mode n'en était point encore universelle. Le lendemain, la fruitière tri-
coteuse et les autres commères du
voisinage reçurent du brave hom-

me la confidence qu'il lui était arrivé du pays une parente nouvellement mariée à un défenseur de la patrie, dont elle était grosse, et qu'elle
venait l'attendre à Paris, où il la
devait joindre dans quelques semaines. Sous prétexte de son état, la
fausse Claudine fut dispensée de travail; elle restait confinée sur un antique fauteuil de paille; et l'on ne
trouvait pas trop étrange que son
oncle prétendu, qui passait pour
avoir amassé un assez joli *magot*,
laissât-là les crochets pour tenir compagnie à sa nièce, et lui prodiguât
tous les secours: d'ailleurs chacun sait
que Paris est l'endroit du monde où
l'on s'embarrasse le moins des affaires d'autrui. La sûreté d'Eugène était

un grand point; ... que de choses il
me restait à faire! Je convins avec
lui qu'à quelque prix que ce fût, je
tâcherais de me faire nommer au
commandement de son régiment; c'é-
tait pour lui ménager un asile. En
conséquence, devenu assidu chez les
puissans du jour, je revendiquai la
dépouille du fils de mes bienfaiteurs;
j'étalai pour titres les offenses dont
je m'étais rendu coupable envers
eux; je me joignis à l'anathême pro-
noncé sur les débris de leur maison.
Je rampai dans les bureaux, dans
les antichambres des misérables; je
m'assis à leurs festins, j'imitai leurs
libations, je salis ma bouche de leurs
refrains sanguinaires; et ma demande me fut accordée, non parce que

j'avais fait preuve de quelque vaillance dans les plaines de Champagne, aux redoutes de Jemmape;
mais en raison de l'intérêt que je devais avoir à rester le prototype de la
plus monstrueuse ingratitude.... Ce
n'était pas assez, je savais madame
de L. et la trop chère Adélaïde dé-
tenues à D.; elles étaient perdues si
on les transférait à Paris : je fis
en sorte que ma destination fût à
l'endroit même de leur réclusion. Je
me procurai des lettres de recom-
mandation pour J. L., qui régnait
en visir dans tout le département
du N.; elles ne pouvaient manquer
d'être accueillies; les noms dont elles
sont appuyées figureront un jour à
la suite de ceux des Néron et des

Sardanapale de tous les âges.... Mais il était besoin d'une dissimulation soutenue, pour ne point éveiller la méfiance : parler des deux captives au premier abord, eût été les livrer de suite à la hache homicide. Les murs des carmélites étaient l'abri le plus sûr pour elles ; je m'efforçai de les y faire oublier ; je ne voulus les voir qu'au moment de les délivrer ; je mis mes soins à ce qu'elles ne pussent même entendre parler de moi. Il fallait aussi distraire l'attention du proconsul, de ses agens : depuis six semaines je ne les occupe que de plans d'attaque, d'opérations de siége.

Il est vrai que l'ennemi nous donne assez à faire. Tandis qu'ils pâ-

lissaient sur l'examen de combinai-
sons où ils n'entendent rien, j'en
préparais d'autres non moins impor-
tantes; et, dès qu'elles ont été à point,
j'ai feint d'apprendre seulement que
deux conspiratrices, que je peignais
comme mes ennemies les plus irré-
conciliables, étaient en leur pouvoir.
Je me suis montré avide, impatient
de vengeance; j'ai demandé, pour
hâter celle que j'affecte vouloir tirer,
Jacquinet, le plus sot comme le plus
vain des tyrans subalternes. Il ne
verra que par mes yeux; et, avant
qu'il puisse être funeste à qui que
ce soit des infortunés, sur le sort
desquels il doit statuer, j'espère que
le sien l'inquiétera plus que tout autre. Après le dîner, temps auquel

on fait toujours de lui ce qu'on veut, il signera l'ordre de faire partir pour Paris la mère et l'amante d'Eugène: l'exécution n'en sera confiée qu'à moi;.... ce seront quatre hussards qui les escorteront:.... les gendarmes sont tous envoyés en correspondance, et le tour de service tombe sur des recrues qui savent à peine se tenir à cheval. A quelque distance de la ville, vous, Eugène, moi, le géolier, sur lequel je sais d'aujourd'hui seulement que je puis faire fond, revêtus de l'uniforme anglais, nous les attaquerons, et, à la faveur des ténèbres, de leur petit nombre, de leur inexpérience sur-tout, nous les aurons mis en fuite, avant qu'ils aient songé à se défendre. Aussitôt

que nous aurons réussi à nous emparer du précieux dépôt, nous le
conduirons aux avant-postes anglais.
J'ai la parole du duc d'Yorck lui-
même, que ces dames seront reçues
avec tous les respects dus au malheur, et qu'il leur sera libre de prendre sur-le-champ la route d'Hambourg. Voici comment je me suis
abouché avec le prince pour cette
négociation : on m'avait fait faire les
propositions les plus brillantes, pour
livrer à la coalition la ville et la cita-
delle où vous savez que je commande en l'absence du général. Je ne
répondis qu'en emportant les retran-
chemens, élevés presque au pied de
ses murs. J'ai eu le bonheur de battre complétement les détachemens

d'observation qui les gardaient, et
de faire de ma main plusieurs prisonniers de marque. Le départ des
généraux pour O., où le danger est encore plus imminent qu'ici, me laissait
absolument maître de mes dispositions et de ma conduite ; en conséquence, j'ai renvoyé le major C.,
avec ce billet : « L'affaire de ce ma-
« tin a été ma réponse à vos offres ;
« elles ne seront jamais accueillies
« différemment : j'ai de mon côté
« une proposition à vous soumet-
« tre, où l'humanité seule est inté-
« ressée, et qui ne peut être en rien
« préjudiciable à mon pays. Le nom
« de L. a été plus d'une fois redou-
« table au vôtre : le dernier duc s'est
« sur-tout signalé par le mal qu'il

« vous a fait en Amérique; je vous
« demande, pour sa veuve et sa bru,
« les moyens de se retirer en pays
« neutre, et une trève d'un quart
« d'heure pour les conduire dans la
« nuit du 10 au 11 à votre camp,
« sous la condition expresse qu'el-
« les n'y seront pas retenues plus
« de dix minutes. J'ai voulu vous
« forcer de m'accorder votre estime
« avant de vous donner une preuve
« de la mienne; et je reconnaîtrai
« le service que vous m'avez rendu,
« en vous fournissant immédiatement
« après l'occasion de mesurer de
« nouveau vos armes aux nôtres. »

Sous prétexte de parlementer
pour l'échange des autres prisonniers,
un trompette m'apporta la note sui-

vante : « Mesdames de L. trouve-
« ront au camp des coalisés, dans
« la nuit du 10 au 11, avec tous
« les égards pour leur rang et leur
« infortune, un ancien officier de
« leur nation, qui les accompagnera
« à Hambourg. Il les attendra aux
« avant-postes de minuit à deux heu-
« res; à quatre, toute la ligne se
« portera sur D. Ce pourparler ne
« sera connu que de M. le comman-
« dant et de moi. »

    Signé, FRÉDÉRICH.

Eugène ne violera point le serment que son père exigea de lui; il
ne désertera point la France, il la
servira encore. L'amitié, qui déjà
l'a sauvé deux fois, veille sur sa gloire
comme sur son repos. Adélaïde ne

s'éloignera de lui qu'avec le titre de
son épouse : un ecclésiastique, respectable compagnon de captivité, le
lui donnera..... Il est averti pour onze
heures....... Moi, mon cher Alexandre, je suis aussi marié : il y a six
semaines que la véritable nièce du
commissionnaire Blaizot a reçu,
avec le don de ma main, celui des
biens que mon père pourra me laisser, sous la restriction qu'elle ne ré-
clamera jamais d'autres droits. Moi-
même j'ai été conclure ce traité à L.,
dont tous les habitans ont assisté à
notre mariage; tous attesteront qu'il
n'y a pas dix jours qu'elle est partie
avec mon père pour rejoindre son
époux. Son passe-port, qui a servi à
Eugène, lui sera renvoyé ce jour

même, signé de la municipalité de
D. ; ce qui prouvera qu'elle y est
venue. Rien n'a été omis dans les
précautions pour faire prendre le
change ; mon frère de lait est à peu
près de sa taille ; comme lui, elle a
l'œil bleu , et la chevelure artificielle
qu'il porte imite sa brune chevelure.
Des vêtemens de voyage, absolument semblables à ceux avec lesquels
on l'aura vue arriver ont dû être
préparés pour sa copie ; et, tandis
qu'elle paraîtra partir, elle restera
soigneusement renfermée dans la
cachette où la bonne hôtesse de
l'hôtel de Champagne, que vous
m'aviez si souvent vantée, la tiendra
séquestrée pendant trois jours, au
bout desquels elle sera censée re-

tourner dans sa province, la rapidité de nos opérations militaires
ne lui permettant pas de me suivre.
Cette excellente femme, qui paie
mon ingrate indifférence du plus
brûlant amour, se prête à tout avec
un zèle qu'on ne saurait assez louer ;
elle s'est dévouée toute entière à la
cause pour laquelle je me sacrifie,
si l'on peut se servir de cette expression alors qu'on remplit son devoir.... Il fallait mériter tout à fait
l'honneur que le duc de L. me fit
aux portes de la tombe, de se reposer sur moi de la délivrance de sa
famille. Je ne m'appartenais plus :
il fallait de même inspirer une confiance sans réserve à ceux que je voulais réunir et sauver. J'ai fait ce que

j'ai dû; ma conscience à ce moment
même m'en répète le témoignage
consolateur : qu'importe que toutes
les blessures de mon cœur se rou-
vrent et saignent plus que jamais !
Mon cœur ! comme il tressaillit !
Dans quelques heures je vais revoir
Adélaïde; et, moi-même, je la met-
trai dans les bras de mon rival.....
J'aurais pu cependant.... Non, non,
Firmin ne pouvait qu'obéir à la vertu.... Ombre sacrée de la plus noble victime, tu soutiendras mon courage.... J'achèverai mon œuvre.

Tel est, mon cher Alexandre, le
récit qu'il importait de vous faire. Souvent interrompu par tant de soins à
prendre, je l'ai écrit sans suite et sans
art; et je n'en avais pas besoin avec

vous : croyez que je vous appréciai
du premier jour où je vous vis.
Je vous cherchais ; je savais que vous
étiez au régiment. J'avais entendu
parler de vous à Paris ; c'est vous
dire que déjà je vous estimais avant
de vous avoir rencontré. Du premier jour aussi, si j'en avais cru mon
penchant, vous eussiez connu, vous
eussiez, j'ose le dire, aimé Firmin....
Mais mon intérêt le plus pressant
était, pour celui de l'innocence, de
me concilier les méchans. Oh ! qu'il
semble pénible ce rôle à celui qui fut
créé droit et sensible ! Que les ma-
nœuvres auxquelles j'ai été contraint
d'avoir recours m'ont coûté !....
Mais c'était pour affranchir Adélaïde,
m'acquitter avec Eugène..... L'heure

approche qui va couronner mes efforts. Je dois être.... je suis content.

C'est par ces mots que le noble
Firmin terminait sa touchante histoire. Il ne s'était point trompé en
comptant sur l'enthousiasme qu'elle
ferait naître en moi. Mon commandant était à mes yeux le héros de
l'honneur et de l'amitié. En effet,
si se vaincre soi-même est ce qui
constitue l'héroïsme, qui pourrait y
méconnaître ses droits? Il n'aurait
eu qu'à mettre un prix à sa généro-
sité pour le salut d'Eugène, à quoi
n'eût pas souscrit Adélaïde? Pour la
délivrance de celle-ci, que n'eût pas
sacrifié l'amant qu'elle avait préféré?
Mais non, modèle de délicatesse,

son premier soin est de se lier par les nœuds dont l'idée le révolta jadis, et c'est quand il a signé son abdication du bonheur, qu'il vient dire à ceux pour lesquels il expose sa tête : Soyez unis, libres, heureux !.... O magnanimité sans exemple ! ô triomphe inouï de la plus sublime vertu !.... [1] Je fus rejoindre les

---

[1] Où donc a-t-il puisé cette abnégation de lui-même ? A quelle école a-t-il appris à laisser ainsi bien loin derrière lui les amis dont se glorifie la fabuleuse antiquité ? Pilade demanda simplement de mourir en place d'Oreste : Firmin fait plus ; à vingt ans il dévoue le reste de sa vie pour son rival, lorsqu'il n'avait qu'à dire un mot, à faire une démarche pour obtenir, à ses dépens, la féli-

deux frères de lait ; le jeune de L.
apprenait seulement ce que l'époux

---

cité , pour en élever l'édifice sur ses débris. A quelle école ? disais-je. Ce n'est
point à celle de la philosophie dont il
fut l'élève ; elle étouffa le cri de son
bon naturel, pour l'étourdir de celui
des passions, pour le former à toutes
leurs fureurs , et l'entraîner à tous leurs
écarts. Long-temps jouet de ses sophis-
mes , il a fallu le sang d'Eugène pour
les effacer de son esprit ; et son plus grand
mérite est de s'être relevé des piéges
tendus par eux à son innocence. Peut-
être était-ce à l'une de ces époques, qui
reviennent si rarement dans l'histoire,
où les hommes, fatigués de forfaits,
semblent rivaliser de vertus , qu'il en
déployait de si touchantes. C'était sous
le règne de Roberspierre ; Malesherbes,

de Claudine se proposait pour lui. Je
le surpris au moment où, se jetant

Élisabeth, Bailly, mille autres se succédaient à l'échafaud; Collot, Carrier, Le-
bon, etc., couchés sur des trônes de pour-
pre, humaient les pleurs des orphelins
dans des coupes parées de fleurs. Il le
dit lui-même; c'est dans les camps qu'il
s'est nourri de maximes honorables et
saines, fortifiées de la pratique journalière du désintéressement, de la vraie
grandeur, de toutes les sortes de privations. Là il a vu le brave tendre une
main secourable à l'ennemi qu'il vient
d'abattre, partager avec lui la chétive
portion que lui assigne une parcimonie
trop nécessaire, et dont la cupidité lui
retranchera encore une part. Là il a vu
l'amour, l'ambition, l'intérêt, toutes
les affections, tous les calculs, fléchir
sous l'empire du devoir, s'oublier de-

aux pieds du sauveur de sa mère;
il offrait de renoncer à Adélaïde pour
prix d'un si grand bienfait; il voulait s'exposer seul. Si, disait-il, ta
vertueuse trahison venait à se dé-
couvrir, ce serait fait de toi; qui resterait alors pour fermer les yeux au

vant sa présence, se taire à son premier signe. Là, les victoires qu'on rem-
porte sur soi-même sont une habitude, et
non pas un événement. Là enfin, là seulement, se remplissent, se suivent les pré-
ceptes que le stoïcisme étale ailleurs.
Moralistes qui prêchez sur des siéges de
duvet; patriotes de tribune, sans cesse en
opposition avec les principes que sans
cesse vous déclamez, allez vous courber devant vos maîtres; les camps français sont la pépinière des Firmin. *Note
de l'éditeur.*

2. 7

brave Simon ? qui pourrait le dédommager de la perte d'un tel fils!
Ma tête est déjà dévouée ; qu'importe à nos ennemis un prétexte de
plus ? Excellent Firmin, ta tâche est
remplie au-delà ; la mienne doit enfin
commencer. Je ne la croirai finie,
répondait celui-ci, que lorsque je vous
verrai tranquille possesseur du seul
bien qui puisse vous consoler de la
perte de tous les autres. Ce jour
viendra peut-être ; jusqu'alors tous
les miens seront consacrés à l'accé-
lérer : c'est là où j'ai placé ma gloire,
toutes mes idées de bonheur ; la seule
reconnaissance que j'ose exiger de
vous, c'est que vous ne vous oppo-
siez à aucune de mes vues. Mais
le temps presse ; votre cousine, ins-

truite par le bon prêtre qui va vous
unir, attend son époux. Venez, cher
Eugène, que ce soit votre frère qui
le lui présente. Tous deux voulurent
que j'assistasse à l'auguste cérémonie. Je dis auguste, car jamais la
pompe dont la richesse, l'amour et
la religion, ornent la célébration de
cette solennité, n'y sut imprimer le
caractère majestueux qui distinguait
celle-ci. Le ténébreux sanctuaire de
la douleur est devenu le temple char-
mant de l'hymen. Cette pierre, sur
laquelle tant de fois, dans ses insom-
nies, elle invoqua l'éternel sommeil,
cette pierre en est l'autel. Ces chaî-
nes, on croirait que Flore vient de
les changer en guirlandes : l'équivoque et pâle lumière, qui ajoute d'or-

dinaire à la tristesse de ces lieux, paraît ce demi-jour flatteur que le plaisir requiert pour ses plus aimables mystères, ou ce crépuscule, heureux messager de l'aurore dans les plus riantes matinées du printemps. Cependant tout s'est disposé ; la jeune fiancée a pressé sur son sein l'amant chéri auquel elle va appartenir enfin ; au plus saint de tous les titres, elle confond, dans les chastes embrassemens dont elle le couvre, le rival auquel elle le doit. La mère d'Eugène baise la main libératrice, et voit son ancien élève des mêmes yeux qu'elle se plaît à reposer sur le fils qu'il lui fait retrouver. Elle croyait toucher au moment de n'être plus rien dans l'univers : son cœur,

qui revit aux jouissances, bénit celui
qui la rend trois fois mère. Le véné-
rable interprète du Très-Haut l'ap-
pelle pour sanctifier les nœuds qu'il
va former ; et l'on dirait qu'à sa voix
sa présence se communique aux
époux, aux spectateurs.... La for-
mule du serment se prononce, se
répète ; la chaîne du bonheur est désormais indissoluble pour Eugène
et Adélaïde. Firmin ! j'ai senti trem-
bler le bras dont tu t'appuies sur le
mien ; j'ai levé l'œil sur toi ; le tien
fixait avec sérénité ceux auxquels tu
t'immoles ; le regard qu'ils viennent
de reporter sur toi t'a payé de ton
sacrifice. Oh ! qu'il est doux de remplir son devoir ! quel bien - être on
éprouve ! de quel poids on se sent

soulagé ! Non, dans les ames bien
nées, le regret ne s'y mêle point, et
l'arrière-pensée n'est pénible que pour
celles à demi généreuses.

Tout s'exécuta ainsi que le commandant l'avait médité; les deux
époux, après être restés seuls une
demi - heure, se virent obligés de
se résoudre à la séparation, d'autant plus cruelle qu'on n'en pouvait
prévoir le terme; et c'était encore
là un des triomphes de la vertu,
un des plus méritoires incontesta-
blement. Sans doute Eugène eût pu
partager la fuite de son épouse, et
dans une terre lointaine, à l'abri
des méchans, savourer, en toute
liberté, la douceur des liens qu'il
venait de contracter. Mais il avait

juré à son père de ne jamais aban-
donner sa patrie ; et cette promesse,
le duc, loin de l'en relever par son
supplice, l'avait fait répéter à Firmin la veille même du jour où il
le subit : elle était inviolable, et ce
dernier trop véritablement patriote,
pour souffrir qu'on y portât atteinte.

Mes jeunes camarades, trompés
par notre métamorphose, également
abusés sur notre nombre, touchés
d'ailleurs de compassion pour les
infortunées qu'ils conduisaient, furent enchantés de se voir contraints
de les remettre à des mains moins
ennemies. A leur retour au quar-
tier, ils ne manquèrent pas de mul-
tiplier, par je ne sais combien de
dixaines, les assaillans auxquels ils

avaient dû céder ; et le commandant, auquel leur punition fut sou-
mise, ne se montra pas infiniment
sévère. Mesdames de L. furent reçues au camp anglais avec la plus
grande distinction. Le géolier voulut les suivre dans leur exil ; nous
abrégeâmes les adieux, et retour-
nâmes à la ville de toute la vitesse
de nos montures, ménagées d'avance
à cet effet, et auxquelles l'avoine
n'avait pas été épargnée. Aussi de-
vançâmes-nous d'un grand quart-
d'heure l'escorte que nous venions
de mettre en déroute, quoique nous
eussions pris un détour pour ne la
point rencontrer ; un manteau bleu
couvrait nos uniformes étrangers,
et les sentinelles étaient accoutumées

à voir sortir et rentrer, toutes les
nuits, par une petite porte du rempart, adossée à son hôtel, le commandant qui, accompagné d'un ou
deux officiers, allait régulièrement
à cette heure reconnaître les envi-
rons, et visiter les postes.

Et le lendemain ? et le départ
du géolier ? et Démosthène Caton
Jacquinet ?

Démosthène Caton Jacquinet était
encore plongé dans le premier sommeil, quand une détonnation ef-
froyable le tira peut-être de quelque songe qui lui reproduisait toutes
les beautés dont la veille il s'était
laissé si soudainement enflammer.
A la nouvelle de l'approche de l'ennemi, qui attaquait sur tous les

points, il regretta fort les prérogatives de poltronnerie attachées à son
premier métier ; bon gré mal gré,
force lui fut de faire bonne conte-
nance, lorsqu'on lui amena le coursier sur lequel il avait fait, le jour
précédent, sa triomphale entrée. Il
n'oublia ni la brillante écharpe, ni
le haut et superbe panache, et se
porta au premier rang, entouré de
l'état-major. Malheureusement Firmin, dont on connaît la bouillante
ardeur, et qui ne voulait pas le
quitter, l'entraîna au plus fort de la
mêlée : son costume remarquable
attira l'attention d'un gros de dra-
gons de Latour, qui, s'opiniâtrant
à une aussi importante capture, saisit
le moment de l'envelopper ; il fut

impossible de le retirer de leurs
mains. Après quelques années de
pélerinage dans la Lusace et la Mo-
ravie, la paix de Lunéville l'a rendu à sa ville natale, où il a modes-
tement (le malheur corrige) repris
ses anciennes fonctions.

Dans une crise universelle, tous
les citoyens devant également con-
courir à la défense publique, le géolier, caporal dans la garde nationale, fut censé être couru aux armes comme les autres, et sa fille
affirma hautement qu'il s'était rendu à son poste. Comme il ne revint
point, on ne s'en occupa que pour
le remplacer. Il a fort étonné tous
les habitans de D., quand dernière-
ment il a reparu au milieu d'eux,

muni d'une somme assez forte pour
assurer l'aisance du reste de sa vie.
Il prétend avoir été fait aussi prisonnier; et Jacquinet, très-jaloux d'une
fortune qui n'a pas été la même pour
lui, dans une condition semblable,
l'accuse de s'être livré au *ministre
Pitt*. Firmin, dès qu'il fut instruit
des dispositions des coalisés, sans
perdre de temps, en avait fait part
au général, à la place duquel il commandait pendant sa tournée; et celui-ci, connaissant ses talens, s'était
reposé sur lui du soin de les repous-
ser, lui envoyant des renforts con-
sidérables, qui arrivèrent quelques
heures avant l'attaque. Cette ligne
formidable, qui avait espéré détruire
entièrement le cordon dont nous pre-

gions le pays, enfoncée avec une impétuosité à laquelle on ne s'attendait pas, se replia dans le désordre jusque sous le canon de V. Le libérateur de mesdames de L. ne se reprochait pas de les avoir soustraites à une mort inévitable; il était convaincu qu'il n'y aurait pas eu en France d'asiles assez parfaitement sûrs pour les y dérober. Mais l'intelligence qu'il avait été indispensable de se ménager avec un des chefs ennemis, l'espèce de transaction qu'il avait fallu passer avec lui, pesaient à son ame loyale et républicaine; il lui tardait de réparer ce tort; il en chargea son courage, qui remplit d'admiration tous ceux qui furent à même d'en apprécier les prodiges.

Eugène, malgré ses sollicitations, fut obligé de se renfermer dans sa chambre pendant l'action ; à quel titre y aurait-il pris part ? Elle avait changé notre position ; le régiment quitta la ville de D., et personne ne songea plus à madame Firmin, qu'on avait à peine entrevue. La même nuit, je conduisis M. de L. au détachement, composé de ce qui restait d'anciens hussards, et que j'ai annoncé, dès le commencement, avoir été éloigné à dessein par le nouveau chef de brigade ; j'étais porteur, pour le vieux capitaine qui le commandait, de la lettre suivante :

« Je vous adresse et vous confie, « estimable capitaine, un jeune ré- « quisitionnaire qui vient chercher

« du service dans le régiment; il vous
« dira lui-même la manière dont il
« veut être reçu et traité; je me borne
« à réitérer, à vous et à vos soldats,
« la défense formelle *que, dans au-*
« *cune circonstance, et sous au-*
« *cun prétexte,* il ne soit fait mention
« de rien qui puisse rappeler le sou-
« venir de l'ex-colonel. Vous sentirez
« tous l'importance de cette mesure,
« et j'en recommande instamment
« et plus que jamais la stricte obser-
« vation à votre prudence et à votre
« zèle. »

Arrivé au cantonnement, je fus
moi-même éveiller chacun des hussards, et les inviter à se réunir chez
le capitaine. Là, ce digne officier,
encore tout ému du bonheur de re-

voir le fils de l'homme qu'il avait le
plus respecté, y prépara ses compagnons par le discours le plus tou-
chant que j'aie entendu de ma vie.
Qui pourrait peindre leur surprise,
leurs transports, quand il leur fut
présenté! Ils tombèrent tous à ses
pieds, pleurant comme des enfans,
et ne se relevèrent que pour l'étouf-
fer presque de leurs caresses; ils se
le passaient de bras en bras, bai-
saient ses cheveux, ses habits, le
tâtaient, pour ainsi dire, à l'effet de
s'assurer si c'était bien réellement lui.
Tous, par le même accord, jurèrent
sur leurs sabres de le défendre au
péril de leur vie, de lui être soumis
comme s'il n'avait point cessé d'être
à leur tête, et ils se félicitèrent de

ce que, plus rapproché d'eux, ils
allait connaître à quel point il leur
avait toujours été cher. Il leur fallut
du temps pour prendre sur eux de
contenir les respects qu'ils eussent
tant aimé à lui prodiguer. Devant les
indifférens, ils s'efforçaient de ne lui
témoigner que de l'amitié ; mais
qu'ils s'en dédommageaient ingénieu-
sement, quand ils se trouvaient seuls
avec lui! Jamais je ne les aurais soup-
çonnés de prévenances si délicates,
de soins si bien soutenus. Ces hommes, qu'on eût dit grossiers, et que
l'âge devait rendre encore moins sou-
ples, se policaient par le desir de lui
plaire. On les voyait attentifs à ses
moindres goûts, devancer par l'o-
béissance ses plus légères intentions.

Jamais ils ne pensaient en faire assez ; lui épargner toute espèce de peine n'était rien , ils eussent voulu pouvoir l'entourer de l'aisance , du luxe même dans lesquels il avait été élevé ; et , s'ils regrettaient quelque chose , c'était qu'il les empêchât de se dépouiller entièrement en sa faveur. Cette affection si vraie , si constante , tourna encore au profit de l'état. Eugène avait supplié Firmin de lui fournir l'occasion de racheter le malheur d'être né dans une caste proscrite , et de reconquérir à la considération des droits moins sujets à porter ombrage. Pour remplir son vœu , quoique toujours écarté , le détachement dont il faisait partie fut employé , dans tout le cours de la campagne, d'une manière qui le mettait en vue, et s'immortalisa par des exploits, dont le récit paraîtrait incroyable : il valait à lui seul une brigade. Du premier au dernier des braves qui le composaient, tous combattaient en héros; ils étaient vraiment ceux de la reconnaissance. Le fils de leur ancien colonel était le dieu qui doublait, centuplait leur valeur habituelle ; pour répondre à ses vues, dont ils étaient instruits, les plus grands dangers ne leur semblaient qu'un jeu ; travaux, fatigues, privations, ils supportaient tout avec joie. Leur force, comme leur bravoure, était devenue plus qu'humaine, et l'on eût dit que la Victoire, qui déjà couvrait de ses ailes pro-

tectrices les bataillons français, avait
adopté pour chef-lieu, pour résidence journalière, le centre de cette petite phalange.

Le secret d'Eugène fut religieu-
sement gardé jusqu'après le neuf
thermidor ; et ce fut alors lui-même
qui le divulgua : il s'agissait de jus-
tifier Firmin, accusé d'avoir été l'un
des plus chauds partisans du régime
exécré qui venait d'être renversé.
Dès que M. de L. reçut la nouvelle
que son généreux frère de lait se
voyait sur le point d'être destitué
sur cette imputation, rien ne put
le retenir ; de son chef il quitta le
détachement, vola à la garnison, as-
sembla tous les officiers, toutes les
autorités ; et, au milieu de ce cercle,

raconta tout ce qu'il devait au fils de Simon. Il n'y eut, de ce moment, qu'un cri pour le proclamer le plus loyal, le plus noble des amis; son action excita un enthousiasme universel : mais ceux qui pouvaient la récompenser de la manière qui eût le plus flatté son cœur suivaient une politique qui ne le leur permettait pas.

La chûte du tyran, au nom duquel, dans le court espace de dix-huit mois, la France avait été inondée de plus de forfaits que n'en rappellent les siècles les plus féconds en atrocités ; sa chûte, dis-je, n'eût été que la victoire d'une faction, si l'opinion publique n'eût donné à cet événement une impulsion qui porta les hommes qui l'avaient préparé bien au-delà des limites qu'ils s'étaient proposées. Sans doute, le moment était arrivé de replacer l'empire français au rang qu'il avait toujours occupé, et la gloire des armes républicaines était déjà telle, que l'Europe se fût dès-lors inclinée devant sa supériorité. Dès-lors, de même, si le terrible exemple de l'abyme, où les passions entraînent les états comme les particuliers, eût pu prévaloir, la république eût assis sa puissance sur les mêmes bases qui lui attirent aujourd'hui les applaudissemens des peuples, et les égards des gouvernemens étrangers : mais la main du suprême dispensateur n'avait pas retiré tous les fléaux. La justice eut

encore à combattre les préventions.
Les administrateurs qui se succédè-
rent étayèrent encore leur faiblesse
de moyens opressifs. La liberté ne
fut de nouveau qu'une ombre illu-
soire; les mêmes prétextes colorè-
rent les mêmes écarts : le retour des
idées libérales n'appartenait qu'à celui qui a ramené sur ses pas la religion, l'ordre et la paix. Eugène
ne recouvra point ses biens; on eut
de la peine à obtenir qu'il lui fût libre de continuer à servir son pays
dans le rang obscur où l'amitié l'a-
vait placé sous la garantie de la gratitude. Sa mère, son épouse restèrent exilées; les réclamations en leur
faveur furent durement rejetées,
l'équité seule s'était, à la vérité, char-

gée de les faire valoir. Peut-être
quelques personnes s'étonneront-
elles que, dès que l'on put, sans
trop de risques, cesser de se montrer ingrat, Firmin ait consenti à
garder plus long-temps la dépouille
de son frère de lait, c'est-à-dire,
demeurer à la tête du régiment de
L. : C'est un dépôt que je lui con-
serve, disait le vertueux commandant ; peut-être me sera-t-il donné
quelque jour de le lui restituer.....
En attendant, il mettait tous ses soins
à en faire un des corps les plus
redoutables de l'armée : on voyait
qu'il se plaisait à prouver que, sous
ses ordres, les hussards de L. ne dégénéraient point. Dans la guerre de
la liberté, il fut peu de conquêtes

auxquelles ils n'aient contribué,
peu d'affaires décisives où ils n'aient
pris la première part: en Hollande,
en Allemagne, en Italie, ils se dis-
tinguèrent toujours par leur discipline et leur bonne tenue autant que
par leur vaillance; ils laissèrent des
regrets, emportèrent des bénédictions par-tout où ils séjournèrent.
Eugène ne resta pas simple hus-
sard, il passa par tous les grades;
et l'on peut dire vraiment de lui
qu'il les gagna à la pointe de son
sabre. Le chef ne l'exposait pas,
mais il le mettait en avant chaque
fois qu'il y avait des difficultés à
vaincre, et de la gloire à acquérir;
dans tous ses rapports aux généraux,
c'était toujours Eugène qui avait

tout le mérite du succès, et d'a-
vance il faisait en sorte qu'il ne pût
jamais lui manquer tous les agré-
mens, comme toutes les déférences
étaient pour lui. Pendant six années
entières, la conduite de Firmin à
son égard ne se démentit pas un
seul instant, non plus que le res-
pectueux attachement de tous les
soldats; brigadier ou chef d'esca-
dron, il fut toujours regardé comme s'il était encore colonel : chaque mois il touchait les émolumens
affectés à ce grade, d'une main qui
ne voulait pas se faire connaître,
mais que son cœur devinait bien aisément; en un mot, le régiment de
L. présentait le tableau d'une famille bien unie, dont Firmin était

appelé le chef, dont Eugène était visiblement l'ame. Plusieurs fois le titre de général fut proposé au premier, il l'avait mérité mille; et, dans maintes circonstances, il en remplit les fonctions; mais il ne voulut jamais quitter le poste où il pouvait suivre le plan qu'il s'était tracé; toute sa politique avait tendu à ce que le corps restât constamment employé dans l'étranger...au moyen de quoi il fixait moins l'attention des gouvernans.

Enfin, le dix-huit brumaire vint luire sur les Français, et son aurore annonça une subversion totale des principes qui avaient dominé jusqu'alors, pour le malheur de notre patrie, du monde entier. A la nou-

velle de l'avénement d'un héros,
grand au conseil comme au champ
de bataille : O mon Eugène ! s'é-
cria Firmin, tes droits vont être
reconnus...... Celui-ci entendra ma
voix, et elle parviendra jusqu'à lui:
il est à ses côtés un autre Eugène,
généreux, sensible ; il sera mon interprète et ton avocat : comme le
tien, son père, non moins innocent,
aussi recommandable, périt sous le
couteau des assassins ; et, de même
que toi, il a vengé sa mémoire en
parant son adolescence des lauriers
dont s'enorgueillissent les plus vieux
capitaines : ainsi que ta mère, la
sienne a connu l'horreur des cachots,
et le même supplice a menacé sa
tête, maintenant rayonnante de

l'immortalité que lui a apportée pour dot le grand homme qui sèche ses larmes........ Ta mère, tu la reverras, Eugène ! tu presseras encore sur ton sein ton Adélaïde adorée... le règne de la proscription finit..... celui de l'équité commence.

Il fallut encore quelques exploits pour conquérir l'olivier à l'ombre duquel la paix devait réintégrer la justice. En peu de jours les Alpes furent une seconde fois franchies, le traité de Maringo fut signé; les hussards de L. faisaient partie de cette cavalerie avec laquelle l'intrépide Kellermann défit la colonne hongroise ; les deux frères de lait, toujours inséparables, s'en firent remarquer par leur manière de com-

battre, autant que par la prompti-
tude et la précision avec lesquelles ils
faisaient exécuter le commandement; serrés l'un contre l'autre, ils
présentaient un double adversaire:
si quelque épée menaçait la poitrine
d'Eugène, Firmin lui faisait un bouclier de son corps; si une carabine
ennemie ajustait celui-ci, l'autre s'é-
lançait au-devant, et la mort semblait les épargner tous deux en raison de ce qu'ils l'affrontaient l'un
pour l'autre.

Lorsqu'il fut question de répartir
les récompenses, le chef suprême ne
s'étonna point de voir en tête de la
liste des braves deux noms qu'on
trouvait toujours associés par la vertu comme par l'amitié; en ceignant

lui-même le sabre d'honneur à nos héros : Je vous ai, leur dit-il, décerné d'autres prix encore; ils vous attendent, allez les recueillir.

Le même jour, le régiment, qui avait considérablement souffert, reçut du ministre l'ordre d'aller se refaire à Clermont. De Paris la dernière étape est le bourg de L., jadis chef-lieu des domaines des ducs de ce nom, et leur résidence quand ils habitaient leurs terres..... A une lieue de là, les deux amis découvrirent de loin une espèce de petite armée qui s'avançait à leur rencontre, mais dont les dispositions ne présentaient rien d'hostile, quoique les décharges de mousqueterie se succédassent sans interruption du mo-

ment où ils l'avaient apperçue. Bientôt les cris mille fois répétés de *vive
Eugène ! vive Firmin !* leur prou-
vèrent que c'étaient des amis qui
accouraient saluer leur retour dans
les foyers dont si long - temps ils
avaient été éloignés. Des sons d'ins-
trumens champêtres se marient aux
acclamations, qui redoublent à mesure qu'approche la procession de
deux mille habitans qui venaient au-
devant de leur ci-devant seigneur et
du commandant de leur garde nationale..... Entre cinquante vierges
vêtues de blancs, coiffées de myrte,
paraît un groupe de vieillards.... il
s'ouvre ; au milieu Firmin reconnaît son père, qui étend vers lui ses
mains tremblantes pour le recevoir

et le bénir. Il se précipite de cheval : Eugène en est enlevé par vingt jeunes hommes qui se disputent l'honneur de le porter dans les bras..... de sa mère et d'Adélaïde..... Délicieuse réunion ! tu effaces des années de souffrances; près des douces larmes que tu fais répandre, que sont celles qu'elles coûtèrent ?... Quel tableau enchanteur ! quelle situation ravissante ! De tous ces nombreux assistans, il n'en est pas un qui n'en sente le charme, qui ne s'en trouve attendri...... les noms de fils, d'époux, de libérateurs, volent dans toutes les bouches : ce sont les seules paroles par lesquelles le sentiment puisse s'exprimer ; elles renferment, elles disent tout. Claudine est là aussi ; c'est sur elle que s'appuie le brave Simon, voisin de l'âge des patriarches. C'est Adélaïde qui l'a présentée à Firmin, et le tendre embrassement qu'elle en reçoit lui présage que son époux lui sera *tout à fait* rendu. Les bons hussards, les compagnons, les défenseurs, les fidèles amis d'Eugène ont-ils pu rester étrangers, indifférens à ce moment ? Ah ! que leur présence, au contraire, ajoute à l'intérêt qu'il offre ! leurs sabres, leurs bonnets agités en l'air, les éclatantes fanfares de leur musique, sont autant de témoignages qu'ils partagent l'alégresse générale ; eux aussi ils se voient les objets de la bienveillance et de la gratitude. Les habitans de L. savent

qu'ils ont prodigué leur sang, mul-
tiplié les peines et les devoirs de
leur état pour celui qu'ils leur ramè-
nent, et tous réclament à l'envi le
plaisir de les héberger, de les fêter:
les enfans, les jeunes filles ont pé-
nétré dans leurs rangs, leur dis-
tribuent des rafraîchissemens, se
pressent autour de leurs chevaux,
qu'ils caressent et couvrent de guirlandes; chaque officier agrée un bou-
quet; chaque soldat obtient un ra-
meau; des couronnes de laurier et
d'immortelles sont attachées aux
guidons, et il reste encore assez de
fleurs pour joncher les chemins et
lancer dans les airs; c'est une véritable
pompe triomphale. Non jamais une
ivresse aussi pure ne pouvait em-

bellir celles que l'ancienne Rome accordait à ses généraux le plus en faveur; la tristesse, l'humiliation des captifs enchaînés à leur char, la jalousie secrète de leurs rivaux, étaient une ombre à la joie publique; ici elle est universelle dans toute l'étendue du terme; il n'est qu'un cri pour remercier le ciel d'avoir exaucé le vœu général, pour souhaiter un bonheur sans fin à celui qu'il choisit pour la réaliser. Enfin, l'on se remet en marche; la même berline contient madame de L., le vieux Simon, Eugène, Adélaïde, Firmin, Claudine; les quatre chevaux dont elle est attelée, fiers de leur parure, semblent se régler sur le cortège qui les environne, et la promènent

plus tôt qu'ils ne la traînent au milieu de la double file des citoyens
de L., et des hussards qui en por-
tèrent le nom ; les hautbois, les ga-
loubés, les musettes et les tambou-
rins, tantôt se font entendre alter-
nativement avec les clairons, les cym-
bales et les trompettes ; tantôt s'y
réunissent pour accompagner cet
hymne dont des chœurs des deux
sexes chantent ensemble le refrain.

CHŒUR.

Plus d'alarmes, plus de tristesse,
   Nos bons amis nous sont rendus !
En ce jour fortuné, que leurs noms confondus
Rappellent leurs exploits, proclament notre ivresse.
Qu'au lieu de leur naissance on répète sans fin :
   Vive Eugène ! vive Firmin !

UNE VOIX.

Modèle de reconnaissance,
L'on voit l'un affronter la mort,

Pour ravir aux fureurs du sort
Les bienfaiteurs de son enfance.
L'autre, opprimé par des méchans,
Au nom d'une ingrate patrie,
Sous ses drapeaux offre sa vie,
Pour rendre ses droits triomphans,

CHŒUR.

Que nos chants célèbrent sans cesse
Et leurs exploits et leurs vertus !
Oublions nos malheurs puisqu'ils nous sont rendus.
De souvenirs cruels écartons la tristesse,
Et que tout, en ce jour, s'unisse à ce refrain :
Vive Eugène ! vive Firmin !

UNE VOIX.

Quelle est heureuse, la patrie,
Qui s'honore de tels guerriers !
Qu'heureux sont leurs humbles foyers !
Leurs vieux parens ! leur douce amie !
Le temps, qui sape les grandeurs,
Le temps ne peut rien sur leur gloire ;
Leurs noms, au temple de mémoire,
Sont gravés comme dans nos cœurs.

CHŒUR.

Oui, ces cœurs garderont sans cesse
Le souvenir de leurs vertus ;
Comme nous, nos enfans se sentiront émus
A celui des exploits , des maux de leur jeunesse,
Et nos derniers neveux chanteront ce refrain :
Vive Eugène ! vive Firmin !

UNE VOIX.

Qu'un bonheur sans fin , sans nuage,
File les jours de nos héros !
Que le charme d'un doux repos
Soit leur salaire et leur partage !
Dans des rejetons dignes d'eux,
Que l'hymen les fasse revivre !
Qu'à jamais ils les voient suivre
Leurs exemples si glorieux !

CHŒUR général des habitans et des
hussards.

Et toi qui , de notre tendresse,
Exauças les vœux assidus !
Dieu juste , dont la main couronne leurs vertus,
Au terme le plus long recule leur vieillesse ;

Et, qu'à cent ans, tous deux sourient à ce refrain :

Vive Eugène ! vive Firmin !

Ces chants sans apprêt, sans prétention, comme ce qui se fait au
village, comme tout ce qui émane
du sentiment et de la vérité, les accompagnèrent jusqu'à L., dont ils
trouvèrent toutes les maisons tapis-
sées de verdure. Les habitans qui y
étaient restés, parés de leurs plus
beaux habits, se joignirent à la procession, pour conduire M. de L.
dans le manoir de ses ancêtres, car
il lui est aussi rendu ; c'est le brave
Simon, ce sont vingt notables de la
commune qui ont soumissionné ces
immenses domaines : aucune partie
n'a été distraite, pas le moindre dé-
gât n'a été commis ; champs, vignes,

prairies, tout est dans l'état de culture le plus florissant, et les revenus perçus depuis huit années ont plus que suffi pour le remboursement. La façade du château, remise à neuf, est décorée de festons et des chiffres des deux frères de lait. Des arcs de triomphe ont été élevés ; des inscriptions, des devises multipliées par la main du goût, attestent que c'est l'amour et la gratitude qui font les frais de la fête. Descendus au vaste perron, le père de Firmin demande un moment de silence : c'est à titre de magistrat qu'il va parler, car on a honoré l'écharpe de maire en la déférant aux vertus dont toute sa vie fut un exemple. Les larmes aux yeux, la voix plus faible encore

d'émotion que de vieillesse, il an-
nonce à son fils qu'il a des dépêches
à lui remettre de la part du gouvernement, en présence de tous ses concitoyens. Le paquet est ouvert : à la
lettre la plus flatteuse, est jointe une
couronne de chêne, entourée de la
ceinture de général de brigade. C'est
le prix du civisme et de la probité,
est-il dit dans le brevet ; et, pour qu'il
soit accepté avec autant de plaisir qu'il
est déféré, le commandement du
régiment ci-devant de L. passé au
citoyen Eugène L...... A cette nouvelle, les vieux hussards, qui recueil-
lirent l'ex-marquis parmi eux, ne
peuvent se contenir davantage, leurs
transports se communiquent aux
jeunes ; ils redoublent, lorsqu'ils

voient Firmin détacher de son scka-
kos (bonnet) l'aigrette distinctive de
colonel, et en orner celui du frère
qu'il a enfin réussi à replacer au
rang militaire auquel ses talens, sa
valeur, lui donnaient des droits si
réels.... les rangs sont rompus, les
chevaux même abandonnés ; les deux
amis, accablés des témoignages de
l'ivresse de leurs dignes soldats, et
les cris de vivent nos commandans !
vive notre ancien colonel ! vive le
nouveau général ! vive notre bon,
notre grand *consul* ! se prolongent
avec un ravissement dont je ne
donnerais qu'imparfaitement l'idée.
Quelle ame resterait froide à l'aspect de ces jeunes gens, se tenant
étroitement embrassés, et ne sor-

tant des bras l'un de l'autre que
pour tomber dans ceux de parens
chéris, fiers de leur attachement,
et consolés par lui des terribles épreu-
ves qui leur furent envoyées ! Oh!
que cette alégresse est pure ! chacun a
fait son devoir, chacun a contribué,
pour sa part, au bonheur, à la beauté
de cette journée.

Quant à moi, mon cœur, encore
rempli du souvenir qu'elle y laissa,
me dit que ma plume est insuffisante
pour en retracer les délices, et que
je m'engagerais dans des longueurs
oiseuses si j'entreprenais d'en rap-
porter tous les détails. Je me conten-
terai de dire qu'après un *Te Deum*
entonné dans la cour même, et par
une inspiration subite et spontanée,

madame de L., sentant le besoin d'ê-
tre un instant seule avec son fils, et les
tendres impressions que ravivaient
leur retour et leur réunion dans ces
lieux dont ils s'étaient crus à jamais
bannis, ils se retirèrent ensemble
dans cet endroit du parc que Firmin avait ensanglanté. Ce n'est plus
le rendez-vous des amours.... les
ombrages qui l'entouraient ont encore été épaissis; au vert riant de
l'arbre de Judée, du seringuat, du
sorbier, trésor des chantres ailés qui
peuplaient le bocage, le cyprès est
venu marier sa teinte noirâtre, et
le saule pleureur mire ses branches
recourbées dans l'onde de ce ruisseau, sur les bords duquel Flore
semblait jadis avoir renversé sa cor-

beille. Le rossignol, la fauvette, ont
porté ailleurs leurs concerts; de blanches tourterelles y roucoulent seules
des accens plaintifs; au lieu de ces
rosiers, de ces myrtes, de ces lilas,
qui, se confondant en ceintre, donnaient l'idée du péristile d'Eden;
une voûte sombre et basse, formée
de genevriers, de branchages de pins,
indiquerait le sanctuaire des regrets,
quand bien même une tablette de
marbre noir, fixée au-dessus, ne por-
terait pas pour inscription ces mots :
*Expiation, larmes intarissables,
éternelles douleurs*. Pour traver-
ser cette voûte, il faut courber sa
tête; au-delà, le premier objet qui
frappe les regards préparés à quelque lugubre aspect, c'est le tombeau

du duc de L., au centre d'un double cercle de hauts peupliers. Il y
est figuré soulageant la misère de ses
vassaux ; des bas reliefs rappellent
les principaux événemens de sa glo-
rieuse vie, et le martyre qui la cou-
ronna. Des lampes, que la piété en-
tretient sans cesse brûlantes autour,
ajoutent encore à la tristesse de ce
lieu de deuil. Là, la mère et le fils,
après s'être prosternés, après avoir
baisé la pierre qui couvre les cen-
dres d'un époux et d'un père, se
racontent ce qui leur est mutuellement arrivé pendant une séparation
de plusieurs années. Eugène apprend
que c'est encore Firmin qui a pour-
vu non seulement à la subsistance
des deux chères exilées, mais qui

leur a fait trouver en outre, dans un
climat étranger, toute l'aisance, tous
les dédommagemens dont leur position était susceptible;... il a aussi
racheté des fossoyeurs les restes de
la victime.... ses épargnes ont payé
ce monument : voilà pourquoi il vi-
vait avec tant de d'économie, se
retranchait la moindre superfluité.
Dans les pays conquis, jamais il ne
commit une seule exaction ; jamais
les jouissances de son cœur ne coûtèrent, non plus que son faste, une
seule larme aux peuples vaincus,
une privation à ses soldats. Mais la
reconnaissance de particuliers opu-
lens, épargnés par sa modération,
l'enrichit de maints dons précieux;
il ne les agréa que pour l'entretien

de la famille qu'il avait sauvée. O
mon frère ! noble Firmin, s'écrie
Eugène en pleurant, comment m'acquitter avec toi ?... En ne me par-
lant jamais que de ton bonheur, répond celui-ci, qui était venu les
tirer de cette funèbre enceinte.
Cher Eugène ! laisse-moi te promet-
tre encore à cette place, où j'y por-
tai la première atteinte, que ma
sollicitude veillera constamment à
ce qu'il ne soit plus interrompu. En
aurais-je soutenu l'approche et la
vue, si j'eusse négligé aucun des
moyens de réparation ? A l'avenir, si
je sentais encore quelque retour vers
la source de mes erreurs, ce serait
ici que je viendrais puiser le courage, et ressaisir la vertu... Mais non,

2.

9

Adélaïde ne sera pour moi que la sœur la plus respectée. J'aimerai, comme je l'aurais adorée, la bonne et sage épouse que je dois au choix de mon père, au mien ; nos enfans, si le ciel nous en accorde, se chériront comme nous; je viendrai ici enseigner à mon fils ses devoirs envers le tien : ils seront frères de lait. La race des Eugène ne doit pas s'éteindre ; la mienne doit se perpétuer pour la servir et la défendre.

Firmin a tenu parole en tout; il est époux fidèle et tendre, ainsi que le meilleur des amis, le plus loyal des soldats. Je ne répondrai pas qu'il ait revu sans trouble Adélaïde ; mais j'affirmerai que l'épouse d'Eugène est pour lui l'objet le plus sacré, et qu'il met tous ses soins à rendre la sienne heureuse. Distingué entre nos généraux, il s'en montre le plus modeste; lui seul se rappelle qu'il naquit dans une ferme, sans songer jamais qu'il n'est pas de palais dont il ne fût l'orgueil. L'histoire de son dévouement sans pareil est un larcin que ne me pardonnerait pas sa modestie, si je n'avais pris soin de rendre les personnages méconnaissables.

Puisse-t-elle servir à prouver que, dans le débordement de tous les crimes, la vertu n'a pas été entièrement bannie du milieu de nous! puisse-t-elle faire rendre justice à ceux que j'en ai désigné les dépositaires les plus

soigneux! C'était, je le répète, mon
but principal; et je crois ma tâche
remplie.

FIN.

LES AVENTURES DE DON QUICHOTTE DE LA MANCHE, traduites de l'espagnol par *Florian*, et impr. par *Didot aîné*, en 6 vol. *in*-18, sur carré fin d'Angoul. ; ornés de 24 jol. fig. br.　　18 fr.

Les mêmes, 3 vol. *in*-8°, imprimés également par *Didot aîné*, sur beau papier et beaux caractères, avec 24 fig. br.　　18 fr.

Les mêmes 6 vol. *in*-18, avec une figure à chaque vol. seulement, papier commun,　　6 fr.

SILVESTRE, ou Mémoires d'un Centenaire, depuis 1675 à 1786, par Demaimieux, (roman historique) 4 vol. *in*-12, br.　　6 fr.

MÉLANGES DE POÉSIES, de M. de Saint-Ange, 1 vol. *in*-12, pet. pap. br.　　3 fr.

ELLE ET MOI, roman, 2 vol *in*-12,　　3 fr.

ŒUVRES COMPLÈTES DE FLORIAN, contenant Numa Pompilius, Estelle, Galatée, les Six Nouvelles, les Nouvelles nouvelles, Théâtre, Mélanges, Fables, Gonzalve de Cordoue et Don Quichotte. Édition originale imprimée par *Didot aîné* sous les yeux de l'auteur, ornée de 98 figures dessinées et gravées par d'habiles artistes, 20 vol. *in*-18, pap. fin d'Angoul. brochés.　　60 fr.

Les mêmes, 20 vol. *in*-18, avec 98 belles figures, papier vélin.　　110 fr.

Les exemplaires papier vélin, des charmans ouvrages de Florian, de l'édition de Didot, sont très-recherchés.

Œuvres de Florian, 20 vol. *in-18*, édit. commune
avec une fig. seulement à chaque vol. 20 fr.

ÉLÉMENS DE GRAMMAIRE GÉNÉRALE, appliqués
à la langue française, par *R. A. Sicard*, directeur
de l'institution des sourds muets, membre de l'Institut
national, etc. Seconde édition considérablement aug-
mentée, 2 gros vol. *in-8°*, d'environ 600 pages chacun,
brochés, 12 fr., franc de port. 16 fr.

LES SAISONS DE THOMPSON, traduction nouvelle,
précédée d'une notice sur la vie et les écrits de cet
auteur, par *J. P. F. Deleuze*, 1 vol. *in-8°*, belle édit.
ornée de 4 jolies figures dessinées par le Barbier, 6 fr.
franc de port. 7 fr. 50 c.

TABLE ANALYTIQUE ET RAISONNÉE des matières
contenues dans les 70 vol. *in-8°* des œuvres de Vol-
taire, édition de Baumarchais, 2 gros vol. *in-8°* for-
mant les tomes 71 et 72, br. 12 fr., et franc de port
15 fr.; et en grand papier raisin, br. 18 fr., et franc
de port. 21 fr.

RAISON, FOLIE, CHACUN SON MOT, par *Lemontey*,
volume *in-8°*, bien imprimé, seconde édition, 3 fr.,
et franc de port. 4 fr.

LES RUDIMENS DE L'HISTOIRE, *ou* Idée générale
des peuples les plus célèbres, soit anciens, soit mo-
dernes; par *L. Domairon*, ancien professeur de belles-
lettres à l'École Militaire de Paris, 4 vol. *in-12* de
4 à 500 pag. chacun, brochés, 10 fr., fr. de p. 14 fr.
Cet ouvrage, qui respire la morale la plus pure, de-
vrait être entre les mains de tout le monde. -

ŒUVRES COMPLÈTES DE PIRON, 9 v. *in-12*, 15 fr.

LES PLANTES, poème, par *René-Richard Castel*,
in-18 grand raisin, avec 5 jolies figures, troisième
édition, brochée. 3 fr.

LETTRES A ÉMILIE sur la Mythologie, par Dumoustier, 6 vol. *in*-8°, fig. br.   9 fr.

AMOURS de Clitophon et Leucipe, 1 vol. *in*-18, 4 jolies fig. pap. vélin.   4 fr.

CONTES de Boccace, 10 vol. *in*-18, 111 fig. br. 15 fr.

CONTES et Nouvelles, de Marguerite de Valois, 8 vol. *in*-18, 72 fig. br.   12 fr.

CORRESPONDANCE de Milady Cécile avec ses enfans, par Fréville, 2 vol. *in*-12, br.   4 fr.

ÉLÉGIE de Tibulle, par Mirabeau l'aîné, 3 vol. *in*-8°, avec jolies fig. br.   15 fr.

Le même, 2 vol *in*-12, fig.   7 fr. 50 c.

LETTRES Persanes, augmentées du Temple de Gnide, par Montesquieu, 2 vol. *in*-18, br.   3 fr.

NOUVELLE Maison Rustique, 3 vol. *in*-4° d'environ mille pages chacun, 60 planches en taille-douce, brochés, 36 fr., et reliés en basane.   42 fr.

MÉTAMORPHOSES d'Ovide, traduction de Bánier, 4 vol *in*-12, 16 planches.   8 fr.

NOUVEAU Spectacle de la Nature, *édit. de Didot jeune*, 2 vol. *in*-8°, 9 fig. br.   9 fr.

ŒUVRES philosophiques de Cicéron, 10 vol. *in*-18, édit. imprimée avec soin par *Didot jeune* sur de beau papier et de beaux caractères. Paris, 1796, les 10 vol. br. en 9 et étiq.   12 fr.

Les mêmes, sur très-beau papier vélin d'Annonay. Le premier volume de ce papier est orné d'un portrait de Cicéron : les 10 vol. carton. et étiq.   36 fr.

ŒUVRES Morales et galantes de Duclos 5 v. *in*-18. 15 fr.

— Complètes de Saint-Marc, 3 vol. *in*-8°, ornés de figures, vignettes et culs-de-lampe, de l'imprimerie de *Didot*.   15 fr.

— Philosophiques de La Métherie, nouvelle édit.

précédée de son éloge par Frédéric II, roi de Prusse. Paris, 1798, 3 vol. *in-8°*. 7 fr. 50 c.

Les mêmes, sur pap. vélin, dont il n'y a eu que 15 exemplaires. 24 fr.

— Complètes de Poivre, précédées de sa vie et accompagnées de notes, nouv. et belle édit. *in-8*. 3 fr.

— Complètes de madame Riccoboni, 8 volumes *in-8°*, ornés de 24 fig. 32 fr.

— Complètes de Vauvenargues, revues et augmentées sur les manuscrits de l'auteur, Paris, 1797, 2 vol. *in-12*. 4 fr.

PRINCESSE de Clèves (la), 4 vol. *in-12*, pet. pap. 3 fr.

PRINCIPES généraux des Belles-Lettres, par Domairon, nouvelle édit., Paris, 1785, 3 vol. *in-12*. 7 fr. 50 c.

PROCÈS fameux, jugés avant et depuis la révolution, contenant le détail des circonstances qui ont accompagné la condamnation des grands criminels, et des victimes qui ont péri sur l'échafaud, des anecdotes piquantes, et les jugemens fameux des tribunaux de tous les temps et de toutes les nations, par Desessarts, 18 vol. *in-12*, brochés. 30 fr.

TOMES-JONES, ou l'Enfant trouvé, traduction nouvelle, 4 vol. *in-8°*, 8 fr.

VARIÉTÉS littéraires, ou Recueil de Pièces concernant la Philosophie, la Littérature et les Arts, par Suard, 4 vol. *in-12*. 8 fr.

VIE (la) et les Aventures surprenantes de Robinson Crusoé, nouvelle édition, 4 grands vol. *in-18*, 5 fr.

VOYAGES à la nouvelle Galles du Sud, à Botany-Bay, et au port Jackson, en 1787, 1788 et 1889, par John White, *in-8°*, ornés de planches. 4 fr.

www.ingramcontent.com/pod-product-compliance
Lightning Source LLC
Chambersburg PA
CBHW051823020726
47502CB00005B/1597